奥兹国奇遇记

奥兹仙境

［美］弗兰克·鲍姆 ◎ 著

［美］约翰·R.尼尔 ◎ 绘

刘丽莉 ◎ 译

CHISO 新疆青少年出版社

图书在版编目（CIP）数据

奥兹仙境 /(美) 弗兰克·鲍姆著 ; 刘丽莉译. --
乌鲁木齐 : 新疆青少年出版社, 2023.4
（奥兹国奇遇记）
ISBN 978-7-5590-9319-6

Ⅰ.①奥… Ⅱ.①弗… ②刘… Ⅲ.①童话 – 美国 –
近代 Ⅳ.①I712.88

中国国家版本馆CIP数据核字（2023）第066863号

奥兹仙境

AOZI XIANJING

弗兰克·鲍姆 著　　约翰·R.尼尔 绘　　刘丽莉 译

出版发行	新疆青少年出版社有限公司	
社　　址	乌鲁木齐市北京北路29号	
电　　话	0991—6239231（编辑部）	
经　　销	各地新华书店	
印　　刷	天津融正印刷有限公司	
法律顾问	王冠华 18699089007	
开　　本	787mm×1092mm　1/16	
印　　张	12	
版　　次	2023年6月第1版	
印　　次	2023年6月第1次印刷	
书　　号	ISBN 978-7-5590-9319-6	
定　　价	48.00元	

新疆青少年出版社有限公司官网　http://www.qingshao.net
新疆青少年出版社有限公司天猫旗舰店　http://xjqss.tmall.com

CHISO SINCE 1956 新疆青少年出版社

　　《奥兹国的魔法师》这个故事一经出版，我便陆续收到了很多小读者们的来信。他们纷纷表示，这个故事给他们带了非常大的惊喜和欢乐，并且希望我能写出更多关于稻草人、铁皮人和胆小狮往后的故事。一直到几个月后甚至一年后，故事忠实的小读者们还不断地写信催促，他们的热忱和率真令我非常动容。

　　后来，有一个小姑娘读了我的书后竟然不远万里来到芝加哥找我，并要求我继续写下去。我向她保证，当第一千个女孩子写信来说想看后面的故事，我就开始动笔。你们一定猜不到那个小姑娘是谁——她就是多萝茜。

　　这个故事之所以能有那么多小朋友喜欢，都应该归功于我们勇敢的小多萝茜，这个小姑娘有着双重身份，她是一个伪装的仙女，又是一个再平凡不过的小姑娘。她挥舞着魔棒召唤新的朋友们，并且带给他们快乐和力量。特别是在《奥兹国的魔法师》被搬上舞台后又大获成功，为多萝茜和她的伙伴们赢得了更多的忠实粉丝。

　　时隔四年，我终于兑现了承诺，终于写下了这个新的故事。在此，我要为自己的拖延向小读者们致歉，感谢你们热情恒久的支持。

弗兰克·鲍姆

1904 年 6 月于芝加哥

目录
Contents

目录
Contents

第一章

蒂普和他的南瓜人

奥兹国的北方有一个叫吉利金的地方，那里住着一个叫蒂普的男孩。他真正的名字其实比蒂普长得多，老莫比总是称呼他为蒂皮塔里乌斯，可是谁会用这么长的名字去叫他呢？为了避免麻烦，他们往往只是叫一声"蒂普"了事。

蒂普从生下来就没有见过他的父母，所以根本就不知道他们到底长什么样，养大他的是一个叫莫比的老妇人，他们相依为命了好多年。但是很可惜，莫比的名声可不大好，所有的吉利金人都认为她沉迷于巫术，因此都不愿意搭理她。蒂普也因此受到了牵连。

严格地说起来，莫比压根儿就算不上是一个真正的女巫，因为统治奥兹国北方的好女巫眼睛里容不下一粒沙子，对她来说，她的地盘只能有唯一的一个女巫，那就是她自己。也就是说，莫比虽然非常想搞巫术，但是也必须拼命地克制自己，因为使用魔法就是违法，搞不好就要受到严厉的惩罚，所以她顶多能当个巫婆，不敢超出这个范围。

　　蒂普每天都要干很多活，比如，他要去树林里砍柴，供老妇人生火；他要在玉米地里忙活，不仅要锄地，还要剥玉米；他还得喂猪和挤四角母牛的牛奶，那头母牛可是莫比最大的骄傲。他每天都有干不完的活，从早忙到晚。

　　看到这里，也许你们会认为蒂普一直在不停地干活，会非常同情他。但是你们错了，莫比让他去树林的时候，他不是去爬树掏鸟蛋，就是追赶跑得飞快的兔子，要么就是用弯针在小溪里钓鱼，玩得高兴极了。如果玩累了，他就匆匆地捡一抱柴火，拿回家交差了事。在茂密的玉米地里，当被高高的玉米秆挡住视线的莫比以为蒂普在认真干活的时候，他其实是在挖老鼠洞，困了就干脆躺在一垄垄的玉米之间舒舒服服地睡一觉。他总是小心地保存体力，所以长得和大多数男孩一样健壮而结实。

　　莫比经常施展一些稀奇古怪的巫术，她的邻居都感到很害怕，把她当作怪兽一般。就因为这股神秘而强大的力量，他们见了她全都绕道走。令人意外的是，蒂普也当着所有人的面说自己恨她，而且他不想骗自己。但说实话，他有时确实不太尊敬莫比，因为不管怎么说，他是她养大的，她对他有养育之恩。

　　莫比在玉米地里种了一些南瓜，黄澄澄的，就在绿色的玉米秆之前的空地里。这些南瓜的种植和看护非常严格，因为它们是四角母牛过冬的口粮，如果搞砸了，莫比一定会好好教训蒂普的。当玉米收割和堆垛结束后，蒂普把这些南瓜全都搬进牛棚里，他突然想做一个"灯笼"，好好捉弄一下那个老妇人。

最后，他选中了一个漂亮的大南瓜，橘红色的，色泽光鲜，然后就开始雕刻。他用刀尖刻了两只圆溜溜的眼睛、一只三角鼻子和一只像新月似的嘴巴。这张脸算不上很漂亮，但是笑嘻嘻的，表情非常有趣，就连蒂普在欣赏自己的杰作时也忍不住哈哈大笑起来。

如果蒂普有朋友，他们就会告诉他把"南瓜灯笼"挖空，然后在空出来的地方放一支点燃的蜡烛，那个面庞就会变得更恐怖。但是没关系，他的设想也不错，最后的效果也很好。他想做一个人的身体，再装上南瓜头，就放在老莫比一眼就能瞧见的地方。

"哈哈，到时候，"蒂普得意扬扬地大笑着说，"她的尖叫声肯定比那头棕色的猪被我拉尾巴时发出的叫声更响亮。她绝对会吓得浑身发抖，比我去年得疟疾时抖得还要严重。"

正好莫比要去村子里买点吃的东西，至少需要两天的时间，这对蒂普来说简直就是天赐良机，他有充足的时间做这件事。

莫比走后，他立刻提着斧头去了树林，砍了一些粗壮、笔直的小树，把上面的枝丫和叶子削得干干净净的，他要用这些树干做南瓜人的胳膊和大腿。他从一棵大树上剥下厚厚的一圈树皮做身体，好不容易才把它围成一个大小合适的圆筒，然后用木钉把两边钉得牢牢的。他一边干活，一边快活地吹着口哨，小心翼翼地把四肢连起来，用小刀将木钉削好后，再用木钉将四肢固定在身体上。

直到夜幕降临时，这些活儿才

全都干完了，蒂普突然想起来自己还要去挤牛奶和喂猪，于是抱着木头人回了家。

傍晚，在厨房里，蒂普借着火光把所有的关节棱角都磨得圆圆的，把其他凹凸不平的地方也磨得平整而光滑。然后，他把木头人靠在墙上，对自己的杰作非常满意。他个子高高的，甚至比成人还要高，但是对这个小男孩来说，这并不是什么坏事——蒂普觉得这样的高度完全没问题。

第二天早晨，蒂普重新检查了一下自己的杰作，却意外地发现自己竟然忘了给那个木头人装脖子，不然的话根本就不可能把南瓜脑袋安在身体上。于是，他再次去了树林，砍了几块木头，幸好树林离家并不远，所以他很快就回了家。他在身体的顶部钉了一块横木，然后在横木中间钻一个洞，正好能把脖子竖起来。接着，他把脖子的上端削尖了，一切准备就绪，只差南瓜脑袋了。蒂普把南瓜脑袋放在脖子上使劲地压，不大不小、不粗不细，简直是太完美了。更令人称奇的是，那个南瓜脑袋还可以转来转去的，再加上蒂普在木头人的胳膊和腿部安装了铰链，所以他想让木头人做什么动作都行。蒂普对自己的杰作非常满意，对自己过人的智慧更加满意。

"大功告成啦，"蒂普骄傲地说，"这简直和我们大活人一模一样，不把

老莫比吓得屁滚尿流才怪呢！给他穿上合身的衣服吧，那样就更像真人了。等莫比回来了，一定要好好地整整她。"

给身材如此高的木头人找合身的衣服并不是一件容易的事，蒂普找啊找，把莫比装纪念品和宝贝的大箱子翻了个底朝天，好不容易才有所收获——一条紫色的裤子、一件红色的衬衫和一件白点的粉色马甲。尽管这些衣服木头人穿着并不合适，但蒂普还是努力把木头人打扮得非常洋气。最后，蒂普又给木头人穿上了莫比的编织长袜和他自己的一双旧鞋子，就算是打扮妥当了。看着自己的劳动成果，蒂普高兴得手舞足蹈，像孩子似的哈哈大笑。

"我觉得我应该给他起个名字。"他大声喊道。"让我好好想想，好人就应该有名字，"过了一会儿，他接着说，"就叫他'南瓜人杰克'吧！"

第二章

奇妙的生命之粉

蒂普经过很长时间的考虑，最终决定把杰克藏在离家不远的马路拐角处。然后，他就开始行动了，但他发现这个不会动的家伙非常重，而且不好抓。他用力地把杰克拖了一段路，好不容易才让他站得直直的，先弯一条腿的关节，然后再弯另一条腿的关节，同时还要在后面推。就这样，这个年纪并不大的男孩子终于把杰克挪到了马路的拐角处，而这时，他已经累得说不出话来。这一路上，蒂普费了很大劲，还摔了几跤，但毫无疑问的是，他的确比为莫比干活时卖力得多。在强烈的恶作剧心理的驱使下，他迫不及待地想展示一下自己的劳动成果，看看莫比被捉弄时气急败坏的模样。

"杰克真棒，干得非常好！"他一边气喘吁吁地拼命用力，一边自言自语道。但就在那时，他突然发现南瓜人的左胳膊掉在了路上，所以他回去找，顺便削了一根更结实的新木栓当作肩关节，还把碰坏的地方修得完好无损，谢天谢地，那只胳膊比之前更结实了。而且，杰克的南瓜脑袋也转到了背后，但是没关系，这不是什么大问题，很容易就纠正了。一切都准备就绪了，南瓜人终于成功地站在了老莫比的必经之路上，远远望去，几乎和吉利金的农夫一模一样，但是又显得非常突兀，绝对会把所有遇到他的人吓一大跳。好了，万事俱备，只欠莫比了！

时间还早，老莫比应该还不会回家。安顿好杰克后，蒂普就去了农舍下面的山谷里，爬到树上摘果子。

但这一次，蒂普错了，老莫比回来得比平时早。她碰见了一个隐居在深山老林的驼背魔法师，并和他彼此交换了几个重要的魔法秘密——她得到了三个新处方、四撮魔法粉和一些具有奇异功能和效果的草药。她激动异常，一瘸一拐地赶回了家，想试试她的新巫术怎么样。

莫比满脑子里只想着她刚刚到手的新宝贝，所以在拐角处看见南瓜人时只是轻轻地点了点头，说：

"晚安，先生。"

　　大约过了一分钟，那人还是一动不动，而且也不说话，所以她仔细地瞧了他一眼，才看清他的南瓜脑袋。她想都没想，就知道这是蒂普的杰作。

　　"哼！"莫比嚷嚷道，"那个坏家伙又在调皮捣蛋，好极了！简直是太好了！他想吓唬我，那我必须给他点颜色瞧瞧，不把他打得鼻青脸肿才怪呢！"

　　她气急败坏地举起手杖，想把木头人那狰狞的南瓜脑袋打得稀巴烂，手杖却停在了半空中，因为她突然有了一个非常好的"创意"。

　　"太棒了，试验新粉末的机会来了！"她兴奋地说，"这样的话，我就能搞清楚那个驼背魔法师给我的到底是真货，还是在糊弄我——就像我糊弄他一样。"

　　想到这里，她放下手中的篮子，不停地在里面摸索着她视若珍宝的粉末。

　　正在这时，蒂普回来了，口袋被坚果撑得鼓鼓囊囊的。他一眼就看见莫比正若无其事地站在南瓜人身边，很明显，她根本就没被吓着。

　　一开始，他觉得失望极了，但是很快，强烈的好奇心就占据了他的心，他太想知道莫比接下来想干什么了。于是，他悄悄地藏在篱笆后面，屏住呼吸偷看。站在那里，他能把别人看得一清二楚，别人却毫无察觉，真是个藏身的好地方。

　　莫比摸索了一阵儿，最后掏出的却只是一个破旧的胡椒瓶，上面有魔法师褐色的笔迹——"生命之粉"。

　　"终于找到你了！"她乐滋滋地大声喊道，"见证奇迹的时刻到了！那个小气的魔法师只给了我那么一点，不过用两三次完全没问题。"

　　听到这里，蒂普觉得诧异极了。只见老莫比把胳膊举得高高的，像天女散花般把瓶子里的粉末撒在杰克的南瓜脑袋上，就像人们往烤土豆上撒胡椒粉一样。很快，杰克的头上、红衬衫、粉红色的背心和紫色的裤子上都沾满了粉末，就连那双有补丁的旧鞋子也同样如此。

　　一切都结束后，莫比将胡椒瓶放回篮子里，然后举起左手，用小手指指着天空说：

　　"唯乌！"

接着，她举起右手，翘着拇指说：

"提乌！"

最后，她举起双手，十指分得开开的，说：

"皮乌！"

奇迹发生了！南瓜人突然后退一步，大声地责备道：

"你那么大声音干吗呢？我又不是聋子。"

老莫比激动地在他身边蹦蹦跳跳的，乐得简直快要发疯了。

"他活过来了！"她尖叫道。"天啊，他真的活过来了！"

然后，她欣喜若狂地把手杖抛到半空中，又在它落地前把它抓住了，并用双臂紧紧地抱住自己的身体，跳起快节奏的舞来，而且口中不断地重复道：

"他活过来了！他活过来了！他活过来了！"

最初，蒂普觉得又惊又怕，想撒腿就跑，可是他的双腿抖得像筛糠一样，根本走不了。过了一会儿，他又觉得杰克活过来是一件非常有趣的事，特别是他的南瓜脸上的表情，古怪中带着滑稽，令人忍俊不禁。渐渐地，蒂普不再觉得害怕，忍不住哈哈大笑起来，一不小心就笑出了声，被老莫比听见了。她一瘸一拐地走到篱笆旁，拼命地揪住蒂普的领口，把他拖到了南瓜人的身边。

"你这个贼一样的坏东西！"她愤怒地吼道，"竟然敢偷看我的秘密，还嘲笑我，我一定要好好教训你，等着瞧吧。"

"我根本就没有取笑你！"蒂普不服气地辩解道，"我笑的是那个南瓜人。你瞧瞧，他是不是很可笑？"

"但愿你不是在嘲笑我的长相。"杰克说。他声音阴沉沉的，再加上他脸上那滑稽而愉快的微笑，蒂普再一次忍不住笑出声来。

这并不是蒂普的错，因为就连莫比也对自己变活的人充满好奇。她一动不动地上下打量着他，然后问道：

"你知道什么？"

"这个问题很难回答，"杰克回答道，"我觉得我是一个非常有学识的人，

我不知道这世界上到底还有什么事是我不清楚的。看来，我还需要一些时间才能搞清楚我到底是一个什么样的人，到底是聪明人还是傻瓜。"

"没错。"莫比若有所思地说。

"我想知道，你想怎么处置他呢？毕竟他现在是一个大活人。"蒂普好奇地问。

"让我好好琢磨琢磨，"莫比回答道，"但现在天马上就要黑了，所以我们必须赶快回家。来帮帮忙，扶一下南瓜人！"

"用不着！"杰克不耐烦地说，"我有腿有脚，还有关节，完全能像你们一样走路。你们管好你们自己就行了。"

"真的是这样吗？"莫比回过头去问蒂普。

"当然，他可是我亲手做的。你是在怀疑我的能力吗？"蒂普得意扬扬地回答道。

说完，他们一起走回了家。当他们走到院子里时，老莫比却把南瓜人关进了一个空牛圈里，并把门闩得牢牢的。

"你别瞎操心了，我还是先好好管教一下你吧。"她一边说，一边朝蒂普点了点头。

这句话让蒂普忐忑不安。他太了解莫比了，她是个坏心肠的老太婆，而且喜欢报复，任何坏事都做得出来。他不由得担心起来。

他们一起进了屋。他们的家是一栋圆顶的圆房子——和奥兹国的农舍差不多。

然后，莫比让蒂普去点亮蜡烛，她自己则把篮子放在柜子里，并把斗篷挂在木钉上。蒂普飞一般逃离了这个阴森恐怖的房间，因为他太害怕莫比了。

很快，蜡烛点亮了，屋子里变得亮堂堂的。莫比命令蒂普在炉边生火，趁他忙个不停的时候，她自己却在吃晚餐。火势越来越旺，蒂普站在莫比身边，请她给他一点面包和乳酪，但是莫比根本就不搭理他。

"我肚子饿了，能给我一点吃的吗？"蒂普压低嗓子说。

"放心吧，你不会饿太长时间了，"莫比一边回答，一边用可怕的眼神看了他一眼。

这简直就是赤裸裸的威胁，蒂普觉得非常不舒服。他突然想起来口袋里装着坚果，于是砸了几颗吃了起来。这时，老莫比站了起来，抖了抖围裙上的碎屑，把一只小黑锅放在了火上。

接着，她把同等重量的牛奶和醋，统统倒进了锅里，还加了一些草药和粉末。有时，她会在烛光中认真地辨认一张黄纸片上记载的大杂烩的制作方法。

蒂普不解地盯着她，觉得越来越不安。

"这是什么？"他问。

"这是我专门为你准备的，别着急，你很快就会知道的。"莫比不怀好意地回答道。

蒂普坐在椅子上，如坐针毡，不停地扭来扭去，盯着那个锅子看了一会儿，锅里开始沸腾了。看着女巫那阴森冷漠、皱巴巴的脸，他小声对自己说，赶紧离开这儿，只要不在这个烟雾缭绕、阴暗恐怖的厨房里，去哪里都行，因为这里的一切东西都让他觉得冷汗淋漓，甚至连蜡烛的影子也是如此。在漫长的一个小时里，除了锅里的咕噜声和火苗的噼里啪啦声，屋子里静悄悄的，就连针掉在地上的声音都能听到。蒂普太了解莫比了，这个坏心肠的老太婆什么坏事都做得出来。

终于，蒂普又忍不住开口说话了。

"我必须喝下那东西吗？"他盯着那个锅子问道。

"没错。"莫比说。

"喝完后我会变成什么样？"蒂普问。

"如果不出什么差错，"莫比回答道，"你很快就会变成一尊大理石雕像。"

蒂普痛苦地呻吟了一声，颤抖着用袖子擦了擦额头上的汗水。

"我不想变成大理石雕像！"他提出了抗议。

"不管你想不想，我让你变，你就得变！如果你不听我的话，同样没什么好下场。"莫比恶狠狠地看着他。

"如果我变成了雕像，谁帮你干活呢？"蒂普问。

"放心吧，我不是还有南瓜人吗？"莫比回答道。

蒂普又发出了一声呻吟。

"要不这样吧，你可以把我变成一只山羊或小鸡，至少还能有点用，"他急切地说，"大理石雕像对你有什么用呢？"

"用处太大了，"莫比回答道，"明年春天我想开垦一个花园，到时候我就把你放在花园中间当摆设，再好不过了。我真是老糊涂了，以前怎么就没想到这个办法呢？知道吗，这么多年来你一直是我的包袱，我简直受够了，再也不想多看你一眼。"

听到如此可怕的话，蒂普虽然吓得浑身发抖，冷汗直流，但他还是勉强装作很镇定的样子，一动不动地坐在那儿，满腹心事地盯着那只锅子。

"说不定这药一点都不灵呢。"他小声地嘟囔道，安慰着自己。

"你就别担心了，我觉得它肯定很灵，"莫比兴奋地说，"你又不是不知道，我什么时候犯过错？"

接下来，又是一阵沉默——漫长得令人恐惧的沉默……直到深更半夜，莫比才把那个锅从火上端下来。

"听好了，等它冷了才能喝，"老女巫说。这一次，她决定违反法律禁令，施展一下自己的巫术。"现在，我们俩都去睡觉，天一亮，我就会去叫你，立马把你变成一座大理石像，好好等着吧你！立刻回房间，老老实实地过完这最后一夜吧。"

说完，她就一瘸一拐地回自己的房间了，还端走了那热气腾腾的锅子。

蒂普并没有听莫比的话去床上睡觉。他像座雕像一样，仍然纹丝不动地坐在那儿，目不转睛地瞪着那即将熄灭的余火，心却扑通扑通地跳个没完。

第三章

踏上逃亡之路

蒂普一直在冥思苦想。

"让我当一尊大理石雕像？"他痛苦地想道，"绝不能这样，太苦了。她说，这么多年来我一直是她的包袱，所以迫不及待地想甩掉我。好吧，再简单不过了。我敢肯定，在这个世界上，恐怕没有一个人愿意永远地站在花园中央，像个木桩一样！不管怎么样，我必须逃跑——没错，在那锅乱七八糟的东西煮好之前就逃得远远的。这是唯一的办法了。"

直到老女巫发出了响亮的呼噜声，他才蹑手蹑脚地站起来，去柜子里找点吃的东西。

"赶路怎么能不带干粮呢？"他的目的很明确，所以一直在那个小架子上找来找去。

最后，他只找到几片面包皮，还有莫比的篮子里的奶酪。除此之外，他还有一个意外的收获，就是那个装着生命之粉的胡椒瓶。

"为了以防万一，还是把它也带上吧，"他想，"不然的话，一定会有更多的人因为莫比而变得不幸，那是我不愿意见到的。"所以，他把那个瓶子和面包、奶酪一起，全都放进了口袋里。

然后，他轻手轻脚地走了出去，并且随手闩上了门。在如水的月光下，明亮的小星星欢快地眨着眼睛。离开那个臭烘烘、令人窒息的厨房，他立刻觉得呼吸都变得顺畅了，有一种神清气爽的感觉。

"终于离开这个令人厌恶的地方了，"蒂普小声说，"我恨透了那个可怕的老太婆。真是搞不懂，我竟然会和她住在一起。这么多年，我受了太多的折磨，早就该结束这种痛苦的生活了。"

他慢慢地走着，突然停住了脚步。

"如果我走了，南瓜人杰克可就要遭殃了，老莫比一定会想方设法虐待他的。"他喃喃自语道，"虽然把他变成大活人的是那个老女巫，但不管怎么说，他是我的心血，任何人都不能抢走他，更不能虐待他。"

他转身走向关着南瓜人的牛棚，把门打开了。

杰克正站在牛圈中央，在月光下，一如既往地露出愉快的笑容。

"听我说，赶紧过来。"蒂普一边说，一边招了招手。

"去哪里？"杰克问。

"先别问了，等我想好了，我立刻就会告诉你的。"蒂普一边回答，一边同情地对着南瓜人微笑，"现在我们唯一要做的就是走，立刻就走，不然的话咱们俩都要遭殃。"

"好吧，听你的。"话音刚落，杰克就迈着笨拙的步伐，走出了牛圈。

就这样，蒂普和南瓜人一起走在马路上，一前一后。杰克走路时一瘸一拐的，他一只腿的关节总是不朝前弯，而是朝后弯，差点摔倒在地。但是聪明的南瓜人很快就意识到了这个问题，走路的时候更小心了，所以发生意外事故的次数并不多。总的来说，一路上还是挺顺利的。

他们俩一刻不停地沿着小路往前走。他们走得并不快，但不管怎么说，他们从未停下脚步，等到太阳在山顶上冉冉升起时，他们已经离老女巫很远很远了，再也不用担心被她抓回去了。而且，他们总是改变路线，一会儿走这条路，一会儿走那条路，就算有人追赶，也很难判定他们走的到底

是哪条路，也不知道他们到底去哪儿了。他们终于摆脱了老女巫，从此以后可以过着自由自在的生活了。

蒂普为自己挣脱魔掌而欢呼雀跃，至少在这一刻，他不会成为一尊大理石雕像。他让南瓜人歇息一会儿，他自己则坐在路旁的一块石头上。

"过来吃点早餐吧。"他说。

南瓜人杰克用好奇的目光盯着蒂普，但是说什么也不愿意吃东西。

"你和我的身体结构不一样。"他说。

"这个我当然知道，"蒂普说，"因为你就是我一手造出来的。"

"啊，真的吗？"杰克惊讶地问。

"千真万确！我把你拼接好，给你刻好了眼睛、鼻子、耳朵和嘴巴，"蒂普异常自豪地回答道，"还给你穿上了紫色的衣裳。"

听到这里，杰克开始审视自己的身体。

"我觉得，你干得还不错呢！"他说。

"一般般啦。"蒂普谦虚地说，因为他明显地意识到南瓜人杰克的结构确实有些问题，"如果我早一点知道我们会一起旅行，肯定会更用心一些。"

"也就是说，"南瓜人瞪大眼睛说，"是你创造了我，那你就是我父亲。"

"没错，也是我发明了你。"蒂普微笑着回答道，"你说得太对了，我的儿子，我们俩想得一模一样。"

"这样的话，我就要听你的话。"南瓜人接着说，"但是你必须抚养我，不管去哪里，都要带着我。"

"没错！"蒂普兴奋地跳了起来，"好了，我们上路吧。"

"去哪儿？"在路上，杰克又开始了一连串的发问。

"说真的，我也不知道。"蒂普说，"但是我们一直在朝南走，最后会到达翡翠城。我早就想去那儿看看。"

"翡翠城？那是个什么地方？"

"简单地说，它是奥兹国的中心，是全国最大的城市。我从来没有去过那儿，但是我知道它的所有历史。它的建造者是一个伟大的魔法师，名叫奥兹。那里所有的东西都是绿油油的，就像吉利金领地所有的东西都是紫色的一样。"

"这里的东西都是紫色的？"杰克问。

"是啊，难道你没看出来吗？"蒂普回答道。

"我想，我肯定是个色盲。"南瓜人看了看四周，然后伤感地说。

"没错，不管是草和树，还是房屋和篱笆，全都是紫色的。"蒂普解释道，"甚至连马路上的稀泥也是紫色的。我还听说，东方的蒙奇金领地是一片蓝色的海洋，南方的奎德林领地是一片鲜红，而在铁皮人统治的西方温基领地，所有的东西都是金黄色的。只要看它们的颜色，我们就能知道自己到什么地方了。"

"简直太不可思议了！"杰克说。然后，他接着问："温基领地是由铁皮人统治的？"

"没错！多萝茜打败西方恶女巫时得到了很多人的帮助，他就是其中一位，温基领地人对他感激不尽，所以诚恳地邀请他做他们的统治者，和翡翠城的人民请求一个稻草人去当他们的统治者一样。"

"太难以置信了！"杰克说，"你们人类的历史简直把我弄得稀里糊涂的。那么，稻草人又是谁呢？"

"他是多萝茜的朋友。"蒂普回答道。

"那多萝茜又是谁？"

"她是一个小姑娘，来自遥远的堪萨斯州，是被一场龙卷风刮到这儿来的。她在这里的时候，稻草人和铁皮人整天陪着她四处游玩。"

"那她现在在哪里？"杰克问。

"奎德林领地的统治者格琳达把她送回家了。"蒂普说。

"哦！那稻草人呢？"

"刚刚不是告诉你了吗，他现在是翡翠城的统治者。"蒂普回答道。

"我记得你说过，翡翠城的统治者是一个了不起的魔法师。"杰克不解地说。天啊，他已

经迷糊了。

"没错，我是这样说过。行了，你好好听着，我再详细地说一遍。"蒂普一字一句地说着，眼睛直直地盯着南瓜人笑意盈盈的眼睛，"多萝茜去翡翠城请求魔法师将她送回堪萨斯州的时候，稻草人和铁皮人也陪着她。但是很可惜，魔法师帮不了多萝茜，因为他根本就不是一个真正的魔法师。他们威胁着要揭穿魔法师的骗局，他害怕不已，就乘坐自己做的大气球逃之夭夭了，从此以后再也没有人见过他。"

"天啊，这真是个有趣的故事。"杰克欢喜地说，"你说的话我全都听明白了，除了你的那段解释以外。"

"谢天谢地，你终于听明白了，我很高兴。"蒂普回答道。"魔法师逃跑后，翡翠城的人就让稻草人做他们的国王。据说，全城的人民都很爱戴他。"

"那么我们是要去见见这位奇怪的国王吗？"杰克兴致勃勃地问。

"我觉得我们应该去见见他，"蒂普回答道，"如果你没有更好的主意。"

"不，亲爱的父亲，"南瓜人说，"我非常乐意去你想去的地方。我们出发吧。"

第四章
蒂普的魔法试验

听到那个高大而笨拙的南瓜人叫自己父亲，这个瘦小的男孩觉得尴尬不已。但如果想否认这种关系，他又要进行一番烦琐的解释。算了，不要再浪费口舌了，他想叫就叫吧。他转念一想，突然问道：

"你累吗？"

"一点儿也不累！"南瓜人停顿了一会儿，接着说，"但是如果我继续走，我的木关节会被磨坏的。"

他们一路同行，蒂普知道他说的是实话，暗自后悔没有把他的两条腿做得更细致、更结实。可是，他做梦也没有想到，这个原本只是用来吓唬老莫比的家伙，竟然会被一些神奇的粉末变成大活人。

想到这里，他就不再责怪自己，目前最要紧的是想办法弥补杰克关节脆弱的问题。

他们认真地思考着，不知不觉就走到了树林的尽头。那里有一匹伐木人丢弃的锯木马，蒂普一屁股坐了上去。

"你怎么不坐?"他问。

"我的关节不会被拉紧吗?"南瓜人问。

"放心吧,不会的,这样反而能让它们放松一下。"蒂普说。

杰克想尝试着坐下来,可没想到的是,他刚把关节弯得比平时更厉害一点儿,关节就彻底失灵了。他猛地摔到地上,蒂普还以为他完全摔坏了。

他赶紧跑过去,把南瓜人扶了起来,让他的胳膊和腿恢复原样,还摸了摸他的脑袋,看看有没有裂开。谢天谢地,没什么大事。于是,蒂普对他说:

"算了,你以后还是站着吧,免得又出什么意外了。"

"好的,就按你说的做吧,父亲。"杰克笑嘻嘻地回答道,似乎对摔跤一点儿都不在意。

蒂普又坐了下来。过了一会儿,南瓜人问:"你坐在什么东西上?"

"是一匹马。"蒂普随口回答道。

"马是什么东西?"

"呃,马可以分为两种。"蒂普回答。他想解释清楚,但又不知道如何开口。"有一种马是活的,有四条腿、一个头和一根尾巴,可以驮着人去很远的地方。"

"我明白了,"杰克高兴地说,"就是你屁股下的那种马吗?"

"不是。"蒂普赶紧回答道。

"为什么不是?它有四条腿、一个脑袋和一根尾巴,和你说的一模一

样啊！"

听了杰克的话，蒂普更加仔细地观察了一下锯木马，发现他说的竟然是真的。马身是用树干做的，一头有一根翘起来的树枝，看样子和尾巴差不多。另一条有两个大节疤，就像眼睛一样。而那个被砍掉的地方，如果不仔细看，说不定会把它当作马嘴。它的四条腿，其实就是从树上砍下来的四根又粗又直的树枝，牢牢地插在马身上，分得开开的，这样，人们把木头放上去的时候就会非常稳当。

"这家伙的确比我想象的更像一匹真马。"蒂普一边在心里想，一边接着对南瓜人解释道，"但是真马是活蹦乱跳的，能吃能睡能叫，而这只是一匹不能动的用木头做的马，是人们用来锯木头的。这两种马有很大的区别。"

"如果它也活过来了，不是也能吃能睡能叫了吗？"南瓜人问。

"也许它会跑，也会跳，但是绝不可能会吃。"男孩回答道，忍不住笑了起来，"而且它怎么可能活过来呢？它是用木头做的呢！"

"可是，我是用南瓜做的，不是一样变成活的了吗？"南瓜人继续追问。

蒂普瞪着眼睛望着他。

"没错，它和你一样！"他大声喊道，"我口袋里不就有把你变活的神奇粉末吗？"

说完，他掏出了胡椒瓶，好奇地盯着它。

"说真的，"他犹豫地说，"我不确定它能不能把木马变活。"

"如果真的可以，"杰克平静地回答道，"它就可以驮着我，这样我的关节就不会被磨坏啦。"

"让我来试试吧。"蒂普兴奋地喊着，情不自禁地跳了起来，"不过我不敢保证，自己还记得老莫比的咒语和她举起手的样子。"

他用一分钟想了想。老莫比念咒语的时候他就藏在篱笆边，瞧得非常仔细，所以他觉得自己能重复她的每一个动作和每一句话。

于是，他将胡椒瓶里的生命之粉撒在锯木马身上，然后举起左手，小手指向上翘着说："唯乌！"

"亲爱的爸爸，这是什么意思？"

"说真的，我也不知道。"蒂普回答道。然后，他举起右手，大拇指向上翘着说："提乌！"

"这又是什么意思？"杰克问。

"意思是让你闭上嘴巴！"蒂普回答道。不管是谁，在这个重要的时刻受到干扰，都会很生气。

"我学得真快！"南瓜人说，脸上还是一贯的笑容。

这时，蒂普把双手举得高高的，所有的手指和拇指都张得开开的，高喊道："皮乌！"

锯木马立刻就活了，伸伸腿，用豁嘴打了个呵欠，背上的粉末被抖落在地，数量很少，其他的粉末仿佛都钻进了马肚子里。

"太棒了！"杰克激动地喊道，"我的好爸爸，你简直就是个神奇的魔法师！"蒂普则呆呆地站在那儿，不敢相信眼前发生的一切。

第五章

锯木马真的醒了

锯木马意识到自己活过来了，似乎比蒂普本人觉得更惊讶。他滴溜溜地转动着自己的眼珠子，平生第一次用好奇的目光扫视这个美妙的世界，从这一刻开始，他正式成为世上的一分子了。他想看看自己的模样，但是由于没有头颈可以转动，只好不停地在原地转圈，什么都没看见。他的腿又硬又笨，也没有膝关节，所以不小心把南瓜人杰克撞到了路旁的苔藓上。

见此情景，蒂普感到很吃惊，于是大声喊道：

"吁，吁，赶紧停下！"

锯木马对蒂普的命令毫不理会，突然，他的一条木头腿踩到了蒂普的脚，疼得那可怜的孩子赶紧躲到安全的地方，又发出了命令：

"吁，吁，立刻停下来！"

这时，杰克已经挣扎着坐了起来，饶有兴致地看着眼前的情景。

"我觉得那家伙根本就不听你的。"他说。

"我的声音已经够大了，你觉得呢？"蒂普气呼呼地说。

"没错，可是他没有耳朵。"杰克微笑着说。

"天啊，原来是这样！"蒂普这才意识到问题出在哪儿，"那么，我怎样才能让他停下来呢？"

奇怪的是，锯木马竟然自己停了下来，因为他认为无论如何也看不见自己的身体。他一眼就看见了蒂普，于是走过来上下打量着他。

那家伙走路的姿势简直好笑极了：他右边的两条腿一起挪动，左边的两条腿也一起挪动，所以身体是斜着摆动的，就像摇篮一样。

蒂普拍了拍他的脑袋，对他说："好伙计！好伙计！"锯木马又跳得远远的，用突出来的眼睛死死地盯着身形奇特的南瓜人杰克。

"我得给他准备一副缰绳。"蒂普说。他从口袋里翻出了一团粗绳子，然后把绳子拉开，走到锯木马跟前，用绳子套住它的脖子，并把另一头牢牢地拴在一棵大树上。锯木马并不知道这是什么意思，下意识地往后退了几步，绳子啪的一声就断了，但他一点儿也不想逃跑。

"你比我想象的还要强壮，"蒂普说，"但是你太倔强了。"

"你怎么不给他做两只耳朵呢？"杰克问，"这样的话，你就可以告诉他怎么做了。"

"这真是个好主意！"蒂普说，"你是怎么想到的？"

"我压根儿就没想！"杰克回答道，"这还要想吗？这再简单不过了！"

说干就干，蒂普拿出小刀，用嫩树皮做了两只耳朵。

"不能做得太大了，"他一边削，一边说，"不然的话，我的马就要变成驴啦。"

"为什么？"杰克又开始发问了。

"马的耳朵比人的大，驴的耳朵比马的大。"蒂普解释道。

"也就是说，如果我的耳朵再大一点儿，我也会变成马吗？"杰克问。

"别担心，"蒂普一本正经地说，"哪怕你的耳朵再大，也不可能变成其他东西，你永远只能是个南瓜人。"

"哦，"杰克点头说，"我想我明白了。"

"如果你真的听懂了，那才是怪事！"蒂普说，"不过，你觉得自己听懂了，也不是什么坏事。耳朵已经做好了，你能在我装耳朵的时候帮忙抓住那匹马吗？"

"当然可以，只要你能把我扶起来。"杰克说。

蒂普把他扶了起来，然后他走到马跟前，抓住马头。很快，马的两只耳朵就装好了。

"这耳朵很适合他。"杰克称赞道。

这句话是贴着锯木马的耳朵说的，而且是锯木马平生第一次听到的声音，所以他被吓了一大跳。他惊慌之余，猛地朝前一蹦，把身旁的蒂普和杰克都绊倒了。然后，他继续往前冲，似乎是害怕听见自己的马蹄声。

"吁！"蒂普站起来，大声呵斥道，"吁！你这个蠢货——停！"

锯木马还是充耳不闻，就在那时，他不小心踩进了老鼠洞，摔了个四脚朝天，用力地摆动着自己的四条腿。

蒂普立刻跑了过来。

"嘿，你真有意思！"他大声喊道，"我叫'吁'的时候，你为什么不停下来呢？"

"'吁'是让我停下来吗？"锯木马仰头望着蒂普，吃惊地问道。

"当然了！"蒂普回答道。

"看见地上有洞，也要停下来吗？"锯木马接着问。

"是的。不然你就跨过去。"蒂普说。

"这个地方太古怪了，"那家伙躺在地上嚷嚷道，"我为什么会在这里？"

"是我把你变活的。"蒂普回答道，"如果你听我的命令，就一定不会吃苦头。"

"好吧，我听你的话就是了。"锯木马老实地说，"不过，刚刚到底发生了什么事，为什么我觉得浑身不对劲呢？"

"你现在四脚朝天，"蒂普解释道，"不过没关系，只要你的腿能停下来一分钟，我就能把你翻到正面来。"

"我到底有多少面呢？"那家伙吃惊地问。

"好几面，"蒂普简短地说，"但是，你千万不要踢腿。"

这时，锯木马终于安静下来了，躺在那里一动不动。蒂普费了很大的劲才把他翻了过来，并让他站了起来。

"啊，我好像恢复正常了！"锯木马叹着气说。

"瞧，你的一只耳朵坏了，"蒂普仔细观察一番后说，"我得给你做一只新的。"

于是，他把锯木马带到杰克摔倒的地方，把他扶了起来，然后重新给锯木马安装了一只耳朵。

"这下好了，"他对锯木马说，"认真地听我说，'吁'是让你停下来，'起步走'是让你往前走，'跑'是让你走快点，明白了吗？"

"我想我明白了。"锯木马回答道。

"非常好！现在，我们一起去翡翠城看望稻草人陛下，你要驮着南瓜人杰克，免得磨坏他的关节。"

"没问题，"锯木马说，"你说什么我都听。"

就这样，杰克坐到了锯木马的背上。

"抓紧点，"他叮嘱道，"小心把你的南瓜脑袋摔得稀巴烂。"

"太恐怖了！"杰克颤抖着说，"可是，让我抓住什么呢？"

"就抓他的耳朵吧！"蒂普犹豫了一会儿说。

"不行！"锯木马坚决不同意，"那样我就听不见任何声音了。"

没错，所以蒂普决定想其他办法。

他走进树林里，从一棵粗壮的小树上砍下一小段树枝，把树枝的一段削得尖尖的，然后在锯木马的背上挖了一个洞——就在他的脑袋后面。接着，他捡起一块石头，把桩子钉进了锯木马的背部。

"住手！赶紧住手！"锯木马大声喊道，"这动静太大了！"

"你觉得疼吗？"蒂普问。

"不算疼，"锯木马回答道，"但我觉得非常不舒服。"

"好了，大功告成了。"蒂普说，"听好了杰克，千万要抓牢这根木桩，不然的话你就会摔得七零八落，那就完蛋啦。"

杰克抓得牢牢的，一刻也不敢放松。蒂普对锯木马说：

"起来吧！"

那听话的锯木马立刻迈开了步子，抬脚的时候一直不停地摇晃。

蒂普在锯木马旁边走着，对于这个新伙伴的加入，他觉得高兴极了，开始吹起了口哨。

"这是什么意思？"锯木马好奇地问。

"你不用管，"蒂普说，"我只是在吹口哨而已，因为我现在很高兴。"

"如果我能噘嘴，我也想吹口哨。"杰克说，"亲爱的爸爸，看来我还是有缺陷啊。"

他们就这样走啊走，原来的那条小路变成了眼前宽敞的大马路，上面还铺着黄色的砖块。路旁竖着一块路牌，上面写着一行字：

离翡翠城九英里[①]

但是这时天已经快黑了，所以他决定在路旁休息一晚，等到天亮了再

----

① 英美制长度单位。1英里约为1.6公里。

赶路。他把锯木马牵到长着几株灌木的草坡上，小心翼翼地把南瓜人扶了下来。

"我想，你还是在地上躺着吧，"蒂普说，"这样才最安全。"

"那我呢？"锯木马问。

"放心吧，你站着不会太累的。"蒂普回答道，"因为你得醒着，帮我们留意一下四周的情况，不要让任何人来吵我们。"

然后，男孩伸直了身子，和南瓜人并排躺在草地上。他们走得太累了，所以不一会儿就呼呼大睡了。

第六章

来到翡翠城

黎明时，蒂普被南瓜人叫醒了。他甩了甩头，努力让自己清醒过来，用溪水洗了澡后，就把面包和干酪吞进了肚子，为新的一天的到来做好了充足的准备。然后他说：

"伙计们，我们该上路了。九英里也不近，如果一切顺利的话，我们中午就能到翡翠城。"

就这样，南瓜人又跨上了锯木马，开始赶路了。

蒂普突然发现，紫色变得越来越淡，接着又变得绿油油的，而且越往前走，绿色就越来越鲜亮，他知道他们离目的地越来越近了。

这支小队伍只走了两英里，就被一条湍急的大河拦住了去路。蒂普正在发愁的时候，突然看见一个人撑着船从河对岸过来了。

等到那个人来到岸边时，蒂普问道：

"请问，您能送我们去对岸吗？"

"当然没问题，只要你付钱。"那人毫不客气地回答道，话语中带着愤怒。

"但是我们一个子儿都没有。"蒂普说。

"什么？一个子儿都没有？你们是在开玩笑吗？"那人重复了一遍。

"是的。"蒂普回答道。

"听着，只有傻子才会做免费的生意。"那人果断地拒绝了。

"他真是个大好人！"南瓜人还是笑眯眯地说。

那人狠狠地瞪了他一眼，却什么话都没说。不管怎么样，蒂普一定要想个办法，总不能让他的旅行就这样草草了事吧。

"我必须去翡翠城，"他对那人说，"但是如果你不帮我，我怎么过得去呢？"

那人哈哈大笑起来，令人反感。

"锯木马不是可以浮起来吗？"他说，"至于你嘛，可以骑在他身上。还有那个又笨又傻的南瓜人，就让他自己游过去吧，就算是沉到水底也无所谓，听天由命吧。"

"我的事就不用你担心了，"杰克对那人微笑着说，"放心，我一定会没事的。"

不管怎么样，蒂普都想尝试一下。锯木马并不知道危险的意思，自然没提出反对意见。蒂普把他带到水里，爬到了他的背上。杰克则站在齐膝的水中，死死地揪住马尾巴，生怕自己的南瓜脑袋被淹了。

"听我的，"蒂普指挥着锯木马说，"只要摆动你的腿，没准你就能游泳了；如果你能游泳，我们就有可能到对岸。"

锯木马立刻拼命地摆动他的四条腿，总算是把这些冒险家送到了河对岸。这是一次成功的尝试，没过多久，他们就像落汤鸡一样，爬上了绿草茵茵的河岸。不管怎么样，他们总算是顺利地过河了。

锯木马干得非常漂亮——除了裤脚和鞋子外，蒂普的膝盖以上一点儿也没湿。南瓜人就没那么好运了，他漂亮的衣服湿得彻彻底底。

"没关系，太阳很快就会把我们晒干的。"蒂普说，"没有任何人的帮忙，我们安全地过了河。所以，我们可以继续旅行了。我相信，没有任何事情能阻止我们的旅行。"

"我一点儿也不怕游泳。"锯木马说。

"我也是。"杰克补充道。

他们重新踏上了那条黄砖路，它其实就是之前那条路的延伸之处。然后，南瓜人又一次坐到了锯木马的背上。

"如果你骑得很快，"蒂普说，"风很快就会把你的衣服吹干。我会抓住马尾巴，和你们一起跑。这样的话，我们的衣服都会干的。"

"这么说的话，锯木马应该跑得更快一点，我的衣服就能干得更快了。"杰克说。

"我尽量。"锯木马高兴地回答道。

蒂普抓着锯木马的尾巴，大声喊道："走吧！"

一开始，锯木马跑得不快不慢，蒂普紧紧地跟在后面。但是没多久，他觉得他们可以走得更快点，所以喊了一声："跑！"

锯木马突然想起了蒂普的话，所以开始沿着马路飞快地跑起来。蒂普感到越来越吃力，连吃奶的力气都使出来了，渐渐地，他追不上锯木马的步伐了。

不一会儿，他就气喘吁吁了，他想对锯木马喊一声"吁"，张了张嘴巴，却发不出任何声音。更糟糕的是，锯木马的尾巴突然断了，他被甩到了灰扑扑的路上，那匹马和南瓜人却浑然不知，还在拼命地朝前冲，很快就不见了踪影。

蒂普好不容易才爬起来，清了清喉咙，终于能喊出"吁"了，却发现那匹马早就消失了。他就算是喊破喉咙，他们也不可能听到，所以还是省省力气吧。

无奈之下，他只好坐下来休息一会儿，然后开始沿着马路慢慢地走。

"没关系，我早晚会追上他们的。"他想，"这条路的终点是翡翠城的城门，他们最远也只能到那儿了。到时候，我们一定会再见面的。"

这时，杰克正牢牢地抓着木桩，而锯木马还在像参赛的马一样狂奔。他们都不知道蒂普丢了——南瓜人没有看后面，锯木马则连脑袋都转动不了。说他们是两个傻瓜，应该没有人会提出反对意见。

一路上，杰克惊喜地发现草木全都变成了晶莹剔透的翡翠绿，尽管还没有看见高耸的尖顶和圆顶，他也知道他们就快到翡翠城了。

突然，一堵用绿石砌成的高墙出现在他们眼前，墙上到处都是翡翠。杰克担心锯木马一头撞上去，就壮着胆子拼命地喊道："吁！"

锯木马突然停了下来，如果没有抓着木桩，杰克肯定被摔得四脚朝天，他那英俊的脸蛋儿就惨了。

"锯木马跑得好快啊，亲爱的爸爸！"他惊呼着，却没有听到任何回应。他扭过头去看，发现蒂普根本就不在那里。天啊，他的爸爸丢了！

很明显，蒂普无缘无故地消失了，杰克不知道是怎么回事，觉得非常不安。他不知道蒂普怎么了，也不知道自己接下来该怎么办。突然，一个人从绿墙上的城门里走了出来。

这个人长得又矮又胖，脸蛋圆圆的，看起来很和蔼。他浑身上下都是绿色的：身上穿着绿衣服，头上戴着绿高帽，就连眼镜也是绿色的。他对南瓜人鞠了一躬，客气地说：

"我是翡翠城的守门人。请问你是哪位，到这里来有什么事吗？"

"我是南瓜人杰克，"杰克满面笑容地回答道，"但是我来干什么，我也不知道。"

守门人简直不敢相信自己的耳朵，不由自主地摇了摇头，显然对这个答案并不满意。

"你到底是什么，人还是南瓜？"他彬彬有礼地问道。

"说来也怪，我既是人，也是南瓜，我的意思你能听明白吗？"杰克说。

"这匹锯木马呢？他是活的吗？"守门人又问。

那匹马把圆鼓鼓的眼睛朝上一翻，给杰克递了个眼色。然后，他突然跳起来，用力地踩守门人的脚。

"我的妈呀！"那人痛苦地大喊道，"实在抱歉，我的问题太愚蠢了！先生，你来翡翠城干什么？"

"应该有什么事，"杰克一本正经地回答道，"但是我真的想不起来了。我的父亲知道，可他不见了。"

"这真是怪事！"守门人说。"不过，我觉得你们不像是坏人，因为坏人不会笑得那么开心。"

"你所说的开心的笑容，"杰克说，"其实是我无法选择的，它从我诞生之日起就深深地刻在我脸上了。不管我愿不愿意，它都无法改变。"

"行，你们跟我进来吧。"守门人又说，"让我好好想想，能帮你们做点什么。"

于是，锯木马驮着杰克穿过门洞，走进了城墙中的一间屋子。守门人轻轻地拉了一下铃绳，一个高大的士兵就全副武装地走了进来。他穿着绿色的制服，肩上挎着一把绿色的长枪，迷人的绿色胡须差点就要到膝盖了。守门人对他说：

"看看这位奇怪的绅士，他既不知道自己来翡翠城的目的，也不知道他想要得到什么。请告诉我，我们应该拿他怎么办，你有什么好的建议吗？"

这位士兵仔细地打量着杰克，然后用力地摇晃着脑袋，长须也随之摆动，形成了优美的涟漪。最后，他慢悠悠地说：

"依我看，还是把他带去给稻草人陛下亲自处置吧。"

"可是，稻草人陛下会怎么做呢？"守门人问道。

"那我就管不着了，"士兵回答道，"我的麻烦已经够多了，还是把那些外来的麻烦交给陛下吧。让这个人戴上眼镜，我这就把他带进王宫。"

守门人打开一个装眼镜的大盒子，想给南瓜人找一副合适的。

"瞧瞧你这大脑袋，这么多眼镜，却没有一副能把你的两只眼睛完全遮住。"那个圆乎乎的守门人叹着气说，"你的脑袋太大了，我只能把眼镜绑在你头上。"

"我为什么还要戴眼镜呢？"

"戴眼镜干吗？"

"我们这里都这样，"士兵说，"戴上眼镜后，你的眼睛就不会被翡翠城的耀眼光芒照瞎。"

"原来是这样。"杰克喊道，"请一定要帮我把眼镜戴好，我可不想以后

看不见了。"

"我也是!"锯木马着急地插话道,他也被戴上了一副绿色的眼镜。

接着,绿胡子士兵带着他们穿过内城门,来到了翡翠城宽阔的大道上。

房屋的正壁镶嵌着闪闪发光的绿宝石,尖塔和角塔的墙上则是数不清的翡翠,散发着绿幽幽的光芒。就连绿色大理石的路面也有宝石在闪闪发光,这幅华贵而美妙的景象让他们大开眼界。如果是人,看到眼前的情景时恐怕连下巴都要惊掉。

但是,杰克和锯木马对财富和美一无所知,对眼前的美景一点也不在意。他们安静地跟在绿胡子士兵身后,甚至没看见把他们当作怪物的绿色的人群。一只绿狗跑出来冲他们吼叫,锯木马一脚踢过去,它就嚎叫着跑进了房子,这就是他们在去往王宫的途中遇到的最可怕的事情。

杰克想骑马走到稻草人面前,但是被士兵制止了。杰克不得不下马,仆人将锯木马拉到了后院,杰克则跟着绿胡子士兵进了宫。

杰克被带进富丽堂皇的会客厅后,士兵就去通报了。陛下正好没什么事干,想找点乐趣,于是立即下令把访客带到觐见室。

　　虽然是去拜见高高在上的一国之君，但杰克丝毫不觉得紧张或尴尬，因为他压根儿就不了解世俗的那一套。可在他坐进房间的那一刹那，当他第一次目睹稻草人坐在熠熠发光的宝座上时，他还是惊呆了！

第七章

稻草人陛下

　　我猜想，读者们对稻草人的样子并不陌生，但是南瓜人杰克从来没有见过如此奇怪的东西。他看见翡翠城的国王的一刹那，绝对称得上是他短暂的生命中最离奇的经历。

　　稻草人陛下穿着一套褪色的蓝色衣服，说是脑袋，其实就是一个塞了稻草的小布袋，眼睛、耳朵、鼻子和嘴都是画上去的，显得非常粗糙。他的衣服里也塞着稻草，坑坑洼洼的，尤其是腿和胳膊，明显看起来高低不平。他戴着一双手指很长的手套，里面塞的也是棉花。这位统治者的上衣、脖颈和靴子表面都露出了一束束稻草。他的头上戴着一顶沉重的金色王冠，上面坠着很多闪闪发光的珠宝。这顶王冠实在是太重了，把他的眉毛都压弯了，所以他总是皱着眉，脸上因此呈现出一种沉思的表情，好像一直在深思熟虑。没错，只有沉甸甸的王冠才能表现出他作为一国之君的威严。除此之外，无论怎么看，稻草人都只是一个普通的稻草人，既脆弱，又笨拙，根本和尊贵的国王沾不上边。

在南瓜人杰克因为稻草人陛下奇怪的模样感到惊讶的同时，他的奇形怪状也让稻草人大吃一惊。瞧，那紫色的长裤、粉色的马甲和红色的衬衫宽松地挂在蒂普做的木架子上，刻在南瓜上的脸永远笑眯眯的，也许他的主人认为生活充满了乐趣。

一开始，陛下的确以为那个奇怪的求见者在嘲笑他，所以想好好地惩戒他一下。但是，稻草人被称作全奥兹国最聪明的人，并不是徒有虚名。他睁大眼睛好好地看了看眼前这个怪家伙，很快就发现他笑眯眯的脸是刻上去的，除了笑，根本不会做其他任何表情。他们你看着我，我看着你，看了很长时间。

最后还是国王先开口了。他看了杰克几分钟，吃惊地问：

"你是哪里人，为什么会是活的？"

"请原谅，尊敬的陛下，"杰克回答道，"我没明白您的意思。"

"你听不懂？"稻草人问。

"我听不懂您的话。我是从吉利金领地来的，是个外地人。"

"当然了！"稻草人大声说，"我说的是蒙奇金话，是翡翠城的语言。不过，你说的应该不是吉利金的话，而是南瓜人的语言吧？"

"没错，陛下，"杰克欠了下身子，回答道，"所以我们谁都听不懂对方的话。"

"哦，简直太不幸了！"稻草人若有所思地说，"我想，我们还是找个翻译吧，那样什么问题都解决了。"

"什么是翻译？"杰克问。

"就是能听懂我们俩的话的人。他能把我的话翻译给你听，然后再把你的话翻译给我听。翻译能听懂两种语言，所以也能说两种语言。"

"这个办法真不错！"杰克说。这么容易就找到了解决问题的办法，他觉得非常开心。

于是，稻草人命令绿胡子士兵立刻去找一个同时懂吉利金语和翡翠城语的人来。

士兵离开后，稻草人说：

"现在我们在等翻译，你想坐下来歇会儿吗？"

"陛下，您忘了我听不懂您说的话吗？"杰克回答道，"如果您想让我坐下，还是做手势吧。"

稻草人走过来，把一把椅子推到南瓜人的身后，然后猛地用手推了杰克一下，使得他伸直四肢躺在坐垫上。他像一把大折刀一样弓着身子，好不容易才坐好，但是明显不太舒服。

"你明白这个手势吗？"陛下客气地问。

"是的。"说完，杰克伸出双手，把自己的脑袋转了过来，因为他的南瓜脑袋在不知不觉间转了个方向。

"看来，造你的人很仓促啊！"看见杰克费力地整理自己的形象，稻草人说。

"一点儿也没有您仓促！"杰克坦率地说。

"我们之间最大的差别就是，"稻草人说，"我可以弯过来，而且不会裂开；而你即使裂开了，也弯不过来。"

正在这时，士兵带着一个年轻的姑娘走进来了。她看起来谦逊有礼，而且非常可爱，脸蛋、绿色的眼睛和头发都很漂亮。她穿着一条典雅的绿色绸裙，刚盖住膝盖，脚上穿着一双绣着豌豆荚的丝袜和绿色的缎子便鞋，上面点缀着一束束莴苣，而不是大多数女孩都喜欢的蝴蝶结或带扣。她的外套很时髦，边上镶嵌着同样大小的翡翠，软软的衬衫上则绣着几片三叶草。

"原来是吉莉娅·詹姆啊！"绿衣少女向稻草人陛下行礼时，他大声说，"你懂得吉利金语吗？"

"是的，陛下。"她肯定地回答道，"我是在北方出生的。"

"那你来帮我们翻译吧，"稻草人说，"把我的意思告诉这个南瓜人，也把南瓜人的话讲给我听。你觉得怎么样？"他转过身来，殷切地望着南瓜人。

"太好了！"杰克说。

"先问他，"稻草人对吉莉娅·詹姆说，"他来翡翠城有什么事？"

但是，姑娘只是看着杰克，没有翻译，却对他说：

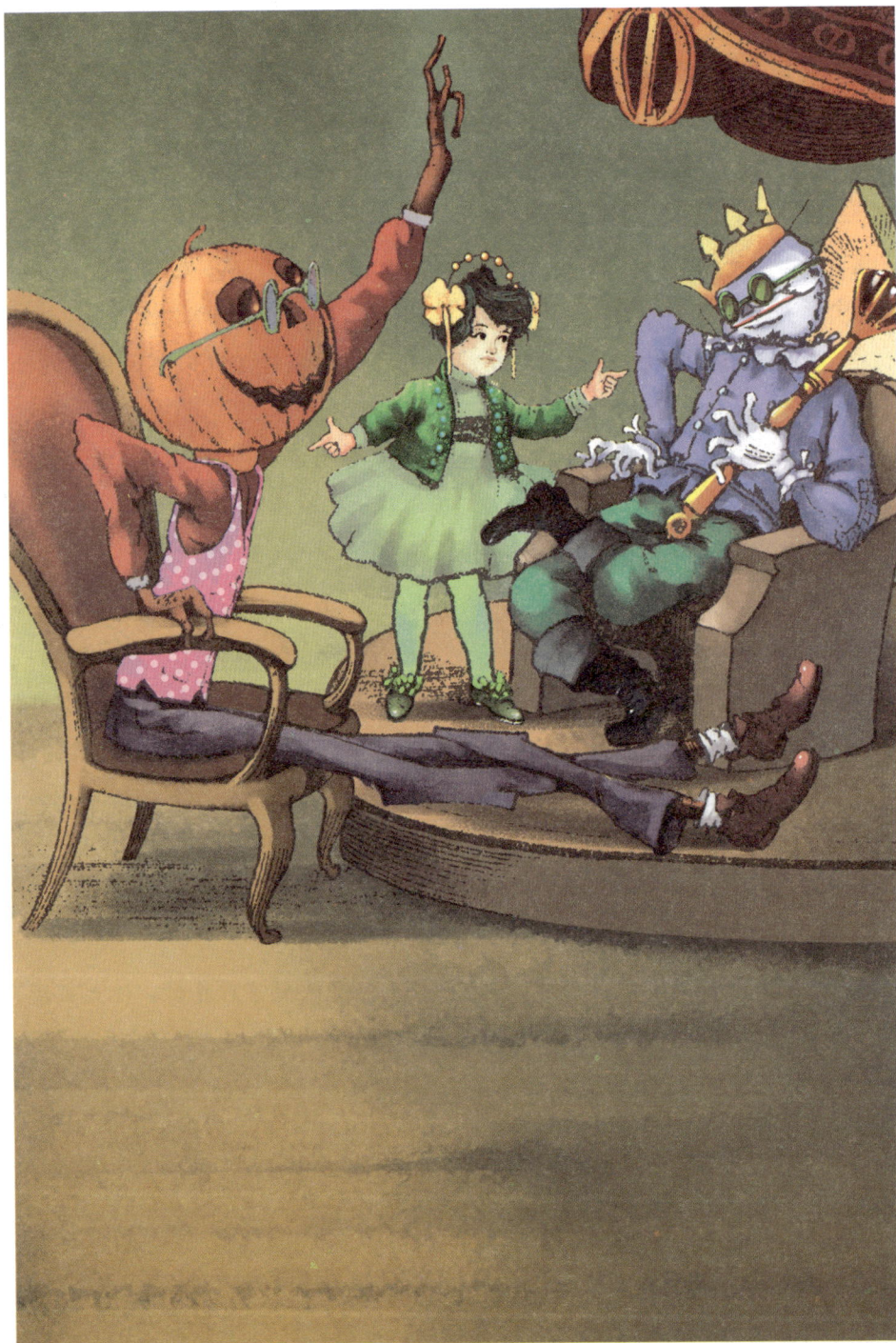

"你看起来很有趣，告诉我，是谁把你做出来的？"

"一个叫蒂普的男孩子。"杰克回答道。

"他说什么？"稻草人问，"一定是我听错了。他到底是什么意思？"

"他说陛下的脑子有问题。"姑娘一本正经地回答道。

稻草人不安地坐在宝座上，扭来扭去的，还用左手摸了摸自己的脑袋。

"能懂两种语言真是太棒了！"他叹着气说，"好心的姑娘，麻烦你问他，如果他因为辱骂国王而坐牢，他觉得怎么样？"

"我什么时候侮辱您了？"杰克怒气冲冲地辩解道。

"嘘！着什么急？"稻草人提醒道，"等吉莉娅把我的意思告诉你，你再抗议也不迟啊！你总是这么心急，还要翻译有什么用呢？"

"好吧，我等就是了。"杰克不高兴地说，但他脸上的笑容从未消失，"请翻译吧，亲爱的女士！"

"陛下问你饿了没有。"吉莉娅说。

"呃，一点儿也不饿！"杰克又开心起来了，"因为我吃不了饭。"

"我也是。"稻草人说，"他说什么，吉莉娅？"

"他问您知不知道，自己的两只眼睛不一样大。"那个姑娘淘气地说。

"千万别上她的当，陛下。"杰克大声喊道。

"好吧，我不会。"稻草人冷静地说。然后，他严厉地扫了姑娘一眼，问道：

"你肯定能听懂吉利金人和蒙奇金人的语言吧？"

"是的，陛下。"吉莉娅·詹姆一边回答，一边拼命控制自己不笑出声来。

"但是，为什么我听不懂呢？"稻草人问。

"因为它们根本就是一回事。"姑娘终于忍不住哈哈大笑起来，"陛下，难道您不知道，整个奥兹国使用的是同一种语言吗？"

"真的吗？"稻草人不相信地喊道，顿时松了一口气，"那么，我就可以充当自己的翻译了。"

"这一切都是我的错，请您原谅我，陛下。"杰克说，他觉得有点荒唐，"我还以为我们来自不同的地方，说的肯定是不一样的语言。"

"记住这次教训，凡事多动动脑子吧。"稻草人严厉地说，"除非你有绝妙的点子，否则，你还是闭上嘴巴，老老实实地当个大傻蛋吧——不对，你本来就是个傻瓜。"

"没错，我就是个傻瓜！"杰克也同意这个说法。

"说真的，"稻草人继续侃侃而谈，但语气明显和缓了一些，"我觉得你的制作者做出了一个毫无用处的人，却在无意之中浪费了做南瓜饼的好材料。你觉得呢？"

"苍天作证，并不是我祈求他把我造出来的。"杰克回答道。

"我也是这样！"国王高兴地说，"这样看来，我们都不是普通人，那就让我们做好朋友吧。"

"我衷心地愿意。"杰克高兴得手舞足蹈。

"什么？你说你有心？"稻草人无比惊讶地问。

"没有，那只是我的想象而已，也可以说是一种比喻。"稻草人说。

"好吧，你是用木头做的，所以我请求你不要妄图去想象，因为你根本就没有脑子，也没有想象的权利，请牢牢地记住这一点。"稻草人提出了忠告。

"没错！"杰克说，但事实上，他什么都不懂。

接着，陛下让吉莉娅·詹姆和绿胡子士兵退下了。等他们离开后，他把这位新朋友拉到庭院里，和他一起玩扔铁圈的游戏。

第八章

琪洁将军手下的新兵

　　蒂普一心想追上南瓜人和锯木马，所以一刻不停地赶路，好不容易才走完了到翡翠城一半的路。突然，他的肚子开始咕咕叫，但是为旅途所准备的干粮早就吃完了，他现在一无所有。

　　他不知道该怎么办，却突然发现路边坐着一个少女。她的服装看起来非常有特色：她那翡翠绿的束腰外衣是绸子的，裙子共有四种颜色——正面是蓝色，左边是黄色，背后是红色，右边是紫色，看得人眼花缭乱。束腰外衣的正面有四颗纽扣，从上至下依次是蓝色、黄色、红色和紫色。

　　如此鲜明的色彩搭配显得有些粗野，蒂普眼睛一眨不眨地盯着这奇怪的装束看了好一会儿，才把目光转移到那漂亮的脸蛋上来。脸蛋的确漂亮极了，但不知道为什么，他从这漂亮的脸蛋上看到的是愤怒的表情，还有一丝挑衅或放肆的意味。

　　蒂普瞪着那个少女的时候，她却像个没事儿人似的，表现得非常平静。她身边有一个午餐篮子，她一手拿着一块美味的三明治，一手拿着一个煮

得过头的鸡蛋，吃得津津有味的，蒂普看得连口水都快流下来了，肚子里叫唤得更厉害了。

不管怎样，填饱肚子要紧，他刚想请求少女分他一点午餐，她却突然站了起来，拍了拍膝盖上的碎屑。

"我吃饱了！"她说，"我要走了，请你帮我提着篮子。你肚子饿吗？饿了就吃吧，别客气。"

蒂普迫不及待地扑了上去，拿出篮子里的东西吃了起来。他没有时间思考任何问题，一边吃，一边默默地跟在那个少女后面。她在蒂普前面走着，走得很快，神气活现的，蒂普觉得她的来头很大。

蒂普填饱肚子后，跑到她身边，想跟上她的步伐。但是，这比他想象的困难多了，因为她比蒂普高得多，而且在赶路。

"好心的姑娘，非常感谢你的三明治，"蒂普一路小跑着说，"请问你叫什么名字？"

"我是琴洁将军。"她回答道。

"什么？"蒂普惊讶地问，"什么将军？"

"我是这次战争中叛军的指挥者。"将军不耐烦地回答道。

"天啊！"他又惊呼了一声，"什么战争，为什么我从来没有听说过？"

"你没有必要知道。"她回答道，"因为我们是秘密行动，除了我们的士兵外，任何人都不知道。我们军队里全都是清一色的女性。"

她骄傲地说："我们的保密工作做得真不赖，这一点我倒是没有想到。"

"的确如此，"蒂普点头称是，"可是，你的军队现在在哪儿？"

"就在离这里大约一英里的地方。"琴洁将军说，"队伍是在我的紧急召唤下，从奥兹国的四面八方赶来的。今天，我们的目标就是打败稻草人陛下，并且夺取宝座。我一到翡翠城，叛军立马就会向翡翠城发起猛烈的攻击。"

"哦！"蒂普说着，情不自禁地叹了口气，"听起来倒挺有意思的！但是我想知道，你们为什么非要征服稻草人陛下？他犯了什么错吗，或者什么地方得罪你们了吗？"

"他本人倒是没什么错，但是我们再也忍受不了男人统治翡翠城了。"琴洁说，"而且，城里遍地都是漂亮的宝石，如果把它们做成戒指、手镯和项链，那该多好啊！国王的金库里的钱很多，就算是给我们军队里的每一个女人买十多件新衣服，也完全没问题。所以我们想占领这个城市，并按照我们的意愿来管理，他们必须听我们的话。"

琴洁说这些话时神情急切而果断，能看得出来她说的都是心里话。

"但是，战争太可怕了，很多人会因此而受伤，甚至丧命。"蒂普担忧地说。

"放心吧，这次战争一定会让人心情愉快。"琴洁兴奋地说。

"你们的伙伴或许会被杀死！"蒂普继续用惊恐的声音说。

"绝对不会！"琴洁说，"没有一个男人敢伤害姑娘。更何况，我的军队里全都是美人儿。"

蒂普哈哈大笑起来。

"但愿你是对的。"他说，"可是，守门人对国王很忠诚，而且国王的军队也会拼命保卫这里的，你们根本不可能轻易地进去。"

"你说的是那个老家伙啊？他太老了。"琴洁轻蔑地说，"而且现在除了蓄胡子，他哪还有力气做别的事情啊？再说，他的妻子脾气暴躁，早就把他的大部分胡子连根拔掉了。当那个了不起的魔法师统治这里的时候，绿胡子军的确是一支出色的皇家陆军部队，因为人们都害怕魔法。但是现在，谁会害怕稻草人呢？一旦发生了战争，他的皇家陆军部队根本就是个摆设，起不到任何作用。"

接着，他们静静地走了一会儿，很快就来到了林中的一块空地，那里已经聚集了密密麻麻的年轻女性，不多不少，正好四百个。这些人有说有笑的，仿佛她们是要去野餐，而不是去战场。

她们分成四个连队，所有人的衣服都和琴洁将军差不多，唯一的区别就是：来自蒙奇金领地的姑娘们的裙子前面的带子是蓝色的，来自奎德林领地的是红色的，来自温基领地的是黄色的，来自吉利金领地的是紫色的。她们全都穿着绿色的束腰外衣，表明了她们要征服翡翠城的坚定决心，束腰外衣上的第一颗不同颜色的纽扣则表明了她们来自哪里。制服又时髦又合身，看起来又醒目又漂亮。

蒂普以为这支奇怪的军队没有带任何武器，但是他错了。事实上，每个姑娘的发髻中都插着两根闪闪发光的长编织针。这个武器虽然不太起眼，往往却能在关键时刻起到非常大的作用。

琴洁将军站在一根树桩上，开始讲话。

"亲爱的朋友们、同胞们、姑娘们！"她说，"推翻奥兹国男人统治的伟大战争就要打响了！我们要占领翡翠城——把稻草人国王赶下宝座——把数不清的漂亮宝石变成我们的——占领国库——好好给那些压迫过我们的人一点儿颜色瞧瞧！"

"乌拉！"人群中发出了激动的喊叫声。但是，蒂普觉得大多数士兵在专心地聊天，根本没有认真地听将军的讲话。

这时，将军发号施令了。姑娘们分成四队，大踏步地朝翡翠城走去。

蒂普跟在队伍后面，负责扛着叛军让他保管的篮子、围巾和包裹。不

久，她们就来到了绿色的花岗石城墙下，在高大、坚固的城门外停了下来。

守门人走了出来，好奇地看着她们，还以为城里来了马戏团呢。他的脖子上挂着一串金光闪闪的钥匙，双手插在口袋里，一副满不在乎的样子，丝毫没有意识到危险的到来。他欢快地和姑娘们打招呼：

"早上好啊，亲爱的姑娘们！我能帮你们做点什么呢？"

"立刻投降！"琴洁将军答道。她站在守门人面前，漂亮的脸蛋上透着威严。

"投降？"守门人简直不敢相信自己的耳朵，吃惊地问道，"你们是在和我开玩笑吗？这可是大罪！我活了这么大岁数，还从来没听说过这样的事呢！"

"少废话，你必须立刻投降！"将军恶狠狠地说，"因为我们造反了！"

"看起来一点儿也不像！你们是来真的吗？"守门人用赞赏的目光扫视着她们。

"我再重复一遍，我们没有和你开玩笑，我们真的造反了！"琴洁大声嚷嚷着，生气地跺着脚说，"我们要成为翡翠城的主人。"

"太离谱了！"守门人不以为意地回答道，"听我说，赶紧回家吧姑娘们，帮你们的母亲干点活儿，比如挤牛奶、烤面包，那才是你们该做的事。你们知道吗，要占领一个城市可没你们想的那么简单，搞不好是要掉脑袋的。"

"我们不怕！"看着她视死如归的样子，守门人有些忐忑不安。

他想通知绿胡子士兵，但一切已经来不及了：一群少女把他团团围住，从头发里拔出编织针，在他的眼前晃来晃去。她们威胁他，如果他乱动，就立马杀死他。

守门人吓得半死，大声求饶，任凭琴洁摘下他脖子上的钥匙，连动都不敢动。

然后，将军领着部下疯狂地向城门飞奔而去，迎头撞上了奥兹的皇家护卫，也就是绿胡子士兵。

"你们是谁，有何贵干？立刻给我站住！"他怒吼道，用长枪指着琴洁的脸。

几个胆小的姑娘吓得跑回了队伍，琴洁将军却坚定地站在那里，指责道："你这是要干什么？难道你要欺负一个手无寸铁的姑娘吗？"

"我不是这个意思，"士兵回答道，"因为我的枪里没有子弹。"

"没有子弹？"

"没错，因为我怕走火。而且，我不记得我把火药和子弹放在什么地方了。如果你们能耐心等一会儿，我肯定能找到它们。"

"不用麻烦了。"琴洁兴奋地说。然后，她转过身朝士兵们喊道："姑娘们，冲啊，枪里没有子弹！"

"太好了！"听到这个消息，叛军激动得尖叫起来，如潮水般涌向绿胡子士兵，把他围得水泄不通。说来也怪，她们的针没有误伤自己人。

可是，奥兹的皇家护卫非常害怕女性，所以像砧板上的待宰的鱼一样，压根儿就没有抵抗。他撒腿向王宫跑去，琴洁将军则率领部队冲进了这座无一人守卫的城市。

就这样，翡翠城落入了琴洁将军的手中，果真没有任何伤亡。叛军摇身一变，成了胜利者的军队！这一切来得如此简单！

第九章

稻草人的出逃计划

蒂普从姑娘们身边逃走了，匆忙地跟在绿胡子士兵的后面。叛军的部队进城的速度非常慢，因为她们要不停地取下头上的编织针，用编织针的针尖从墙上和铺地的石块中挖翡翠。所以，在城市沦陷的消息传开之前，绿胡子士兵和蒂普就已经抢先一步走进了王宫。

此时，稻草人和杰克在庭院里扔铁圈，玩得正高兴的时候却被突然冲进来的奥兹皇家军打断了。这位士兵衣冠不整，帽子和枪也不见了。奔跑时，他的长胡子随风飘扬，至少在他身后一米的地方。

"给我记上一个。"稻草人不紧不慢地说。

"怎么回事，我的仆人？"他又问了一句。

"大事不好了，陛下……陛下！我们的城市被人占领了！"皇家军喘着粗气，差点说不出话来。

"这么突然？"稻草人说，"先别管那个，现在，麻烦你把王宫的所有门窗都关上，我要给这个南瓜人示范扔铁圈的方法。"

士兵立刻去执行命令，跟着他进来的蒂普则在庭院里用惊讶的目光盯着稻草人。

陛下继续兴致勃勃地扔铁圈，似乎一点都没意识到问题的严重性。杰克看到蒂普后，立刻欢快地奔向他。

"我亲爱的父亲，我终于见到你了！"他高兴地喊道，"如果不是那可恶的锯木马，我们就不会分开。"

"我就知道是这样。"蒂普说，"你有没有受伤？身上有裂口吗？"

"没有，一切都很顺利。"杰克回答道，"而且陛下对我非常客气，他是一个好人。"

这时，绿胡子士兵正好回来了，稻草人问道：

"喂，是哪个大胆的家伙把我打败了？"

"是从奥兹国各地聚集而来的一帮姑娘。"士兵说。他吓得脸色苍白，浑身不停地颤抖。

"那我的常备军去哪儿了？"陛下严厉地质问士兵。

"他们早就逃跑了。"那家伙一五一十地汇报，"因为谁都没办法抵挡叛军那可怕的武器。"

"好吧,"稻草人想了一会儿说,"丢掉王位倒无所谓,因为治理翡翠城一点也不轻松,我原本就不喜欢这个工作。再说,这王冠太重了,压得我脑袋疼。现在我只有一个愿望,但愿那些叛军不会因为我是国王而伤害我。"

"我听她们说,"蒂普犹豫着说,"她们想把您的表皮做成一张破地毯,把您的内脏做成沙发垫。"

"这样说来,我真的有危险了。"陛下慌张地说,"太可怕了,那我还是想办法逃走吧。"

"可您要到哪儿去呢?"杰克问。

"嗯,去找我的好朋友铁皮人,他是温基的统治者,自称皇帝。"稻草人回答道,"我敢肯定,他一定会尽最大的能力保护我的。"

蒂普担忧地看了看窗外。

"情况不妙,敌人已经把王宫包围了。"蒂普说,"我们跑不了了,她们很快就会把您撕成碎片的。"

稻草人无奈地叹了一口气,说:"情况越是紧急,我们越是要保持清醒的头脑,好好地想想办法,总不能举手投降吧?抱歉,我要安静一下。"

"但是,我们也很危险啊!"杰克着急地说,"如果碰上一个会做饭的姑娘,我就没命啦。"

"闭嘴!"稻草人喊道,"就算她们会做饭,也不会有时间做。"

"可是,就算是这样,我也没什么好果子吃。"杰克说,"如果我被关上一段时间,那我早晚会腐烂的。"

"这么说的话,我就没必要和你联手了。"稻草人回答道,"情况比我想象的更加严重。"

杰克悲伤地说："您可以活很多年。可是，我的生命短得可怜。所以，我必须过好剩下的每一天。"

"行了，行了，别担心了。"稻草人安慰道，"如果你安静一会儿，我一定能想办法逃走。"

其他人耐心地等着，谁都没有说话。稻草人则在角落里，面壁站了整整五分钟。然后，他转过身来看着他们，脸上的表情明显高兴了一些，看来他有了主意。

"你们的锯木马呢？"他问杰克。

"嗯，我说他是个宝贝，您的手下就把他关进国库了。"杰克说。

"这是我唯一能想出来的地方了，陛下。"士兵小心翼翼地说，生怕陛下发怒。

"我真的很高兴，"稻草人说，"你喂过他了吗？"

"我喂了他一些锯末。"

"太棒了！"稻草人激动地喊道，"立刻把马牵过来。"

士兵匆匆离去，不一会儿就传来了锯木马的木腿踩在路面上的嗒嗒声。陛下用不信任的目光上下打量着这匹马。

"他长得并不是特别漂亮，"稻草人说，"但你们确定他能跑吗？"

"没错，他百分之百能跑，而且跑得非常快。"蒂普一边说，一边赞赏地望着锯木马。

"那么，就让他驮着我们，冲出包围圈，带我们去见我的好朋友铁皮人吧。"稻草人说。

"我觉得不行，因为他驮不了四个人！"蒂普不同意。

"我知道，但是我们可以说服他驮三个人。"稻草人说，"就把我的皇家军留下吧。他这么轻易地就被打败了，所以我对他的能力表示极大的怀疑。"

"您忘了一件事，他不是能自己跑吗？"蒂普笑着提议道。

"我早就猜到会有这样的下场，但是没关系，我能忍受。"士兵阴沉着脸说，"我会剃掉我可爱的绿胡子来伪装。而且，骑这匹没有受过任何训练的木头烈马，一点也不比对付那帮粗枝大叶的姑娘轻松。"

"也许你说得很对，"稻草人说，"对我来说，虽然我不是士兵，但我还是宁愿冒险。好了，男孩，你先上马，尽量离马脖子近点。"

蒂普立刻爬了上去，士兵和稻草人一起把杰克抬到了蒂普身后。最后留给国王的位置太小了，马一跑，他肯定就会掉下去。

"赶紧去找一根晾衣绳，把我们捆在一起就好了。"士兵去找绳子的时候，陛下接着说，"我要更加小心，因为我本来就有生命危险。"

"那我得和您一样当心。"杰克说。

"我们俩可不一样，"稻草人回答道，"如果我出了什么事，这小命就彻底完蛋了。但是如果你有什么事，至少你的种子可以留下来。"

这时，士兵拿着一根长绳子回来了，把他们三个人捆得紧紧的，然后把他们绑在锯木马的背上，这样他们就不会掉下去了。

"立刻打开大门，"稻草人命令道，"不是冲向自由，就是冲向死亡。"

他们所在的庭院在王宫的中心，被宫殿包围着，只有一条通道通往外面的大门。现在，稻草人就要从这里逃走，皇家军牵着锯木马沿着过道走去，用力地推开大门后走了出去。

"现在，"蒂普对锯木马说，"你必须救我们。赶紧朝城门跑，不管发生什么事，都千万不要停下来。"

"放心吧，看我的！"锯木马声音粗哑地说，并且飞快地跑起来，弄得蒂普差点喘不过气来，只好死死地抓住马脖子上的木桩。

锯木马在奔跑的过程中踢翻了几个守着王宫的姑娘。除了一两个勇敢的姑娘拼命地用编织针扎逃犯之外，其他人都吓得尖叫着跑开了。蒂普的左胳膊被扎了一下，疼了一个小时，稻草人和杰克却好像什么事都没有。

而锯木马呢，他简直创造了一个不可思议的纪录：他掀翻了一辆水果车，撞倒了几个长相和蔼的男人，还打倒了那个新守门人——琴洁将军任命的一个喜欢大惊小怪的又矮又胖的女人。

这匹飞驰的战马还在马不停蹄地跑。离开翡翠城的城墙后，他就沿着马路奔向西边，蒂普差点呼吸不了，稻草人却赞叹不已。

杰克已经是第二次骑得这么快了，所以他用尽全身的力气抓住木柱上的南瓜脑袋，用自己逆来顺受的本性忍受着痛苦的颠簸。

"让他慢点，慢点！"稻草人大声喊道，"我的稻草全都掉到腿里了。"

可是，蒂普根本就说不出话来。锯木马还在飞奔，丝毫没有放慢速度。

很快，他们来到了一条大河的岸边。没想到的是，那木马还是没有停下来，纵身一跃，如腾云驾雾一般升到了空中。

一秒钟后，他们都在水里扑腾，木马则拼命地挣扎着，想找一个立足点。骑手们先是落入了湍急的水流，紧接着又像浮木一样漂在水面。

第十章

寻找铁皮人

蒂普浑身湿淋淋的，但是他尽力往前靠，在锯木马耳边大声喊道：

"别动，你这个蠢货！赶紧停下来！"

锯木马立刻停止挣扎，安静地漂浮在水面上，他的木头身子就像木筏一样。

"什么是'蠢货'？"锯木马问道。

"这是骂人的话，"蒂普不好意思地回答道，开始为自己说脏话感到羞愧，"我只有生气时才会这么说，非常抱歉！"

"那么，我倒是想叫你傻瓜。"锯木马说，"因为这条河既不是我造的，也不是我放在路上的，为什

么要平白无故地挨骂呢？至于骂人的话，我觉得还是用在那些因为掉进水里而对我发脾气的人身上更加合适。"

"确实如此，"蒂普回答道，"我知道自己错了，我诚恳地向你道歉。"然后，他大声喊着南瓜人："杰克，你在哪里，你还好吗？"

没有人回应。蒂普又喊稻草人："您还好吗，陛下？"

稻草人轻轻地呻吟了一声。

"不知道是怎么回事，我已经彻底乱套了，身体里面变得乱七八糟的，"他虚弱地说，"这水真湿啊！"

蒂普被绳子捆得紧紧的，所以没办法回头看他的同伴，只好对锯木马说："用你的腿划到岸边。"

锯木马照办了，划得很慢很慢，好不容易才来到了对岸一块比较低凹的地方。

蒂普艰难地从衣兜里掏出小刀，割断了把他们绑在木马上的绳子。他听见稻草人倒在地上发出叹息，然后他迅速下马去看他的朋友杰克。

只见木头身子穿着华丽的服装，仍然好好地坐在马背上，南瓜脑袋却

不知道什么时候掉了，只剩下那根被当作脖子的尖木棍。稻草人也好不到哪儿去，在颠簸中，他上身的稻草全都掉了，塞在了两腿和下身，所以这些部位显得圆鼓鼓的，上半身则活像一只干瘪的空口袋。不过，稻草人头上的那只沉重的王冠还好端端的，因为它是缝上去的。现在，他的脑袋变得又湿又软，沉甸甸的王冠朝前一压，就把脸蛋压成了密密麻麻的皱纹，活脱脱一只哈巴狗。

如果不是担心杰克，蒂普肯定会哈哈大笑。稻草人再怎么惨，至少还是完整的，杰克的脑袋却丢了。蒂普下意识地抓起手边的长杆子，再次朝河边走去。

远远地，他在起伏不定的水面上看到了杰克的南瓜脑袋，若隐若现，但是他怎么都够不着。过了一会儿，它漂得越来越近，蒂普终于用杆子够着它，并把它弄上了岸。他小心翼翼地用手帕把南瓜脸擦干，然后高兴地跑到杰克跟前，给他装上了脑袋。

"天啊！"这是杰克开口说的第一句话，"太可怕了！不知道河水会不会弄坏南瓜！"

蒂普觉得没必要回答这个问题，因为他知道稻草人正在等待他的帮助，他必须马上赶过去。他小心地从稻草人的身体和两腿间拿出稻草，然后把草摊在太阳下晒干。他把湿衣服挂在锯木马身上。

"如果河水真的会弄坏南瓜，"杰克深深地叹了一口气说，"那么我的好日子就快到头了。"

"我从来没听说过水会弄坏南瓜，除非是开水。"蒂普答道，"只要你的脑袋没有裂缝，那就没什么问题，别再胡思乱想了。"

"真的吗？我的脑袋上一条裂缝也没有，那就证明我没什么事了。"杰克欢快地说。

"那就行了，别担心了，"蒂普说，"杞人忧天害死人啊！"

"如果真的是这样，"杰克一本正经地说，"我就太高兴了。"

他们的衣服很快就晒干了。蒂普不停地翻动着稻草，想让稻草干得更快点。然后，他把稻草人塞得很匀称，把他的脸也弄平了，于是他脸上的

高兴而可爱的表情又显现了。

"真的太感谢你了，我的朋友。"稻草人四处走了走，发现自己完好无损，所以非常高兴，"作为一个稻草人有几个很明显的优势，如果他的朋友在跟前，正好又懂修理方面的事，那就绝对不会出什么大事。"

"我不知道火辣辣的阳光会不会把南瓜晒裂。"杰克忧虑地说。

"这绝不可能！"稻草人安慰道，"亲爱的孩子，除了衰老之外，你不需要担心其他任何事情。你的青春时代结束的时候，就是我们彻底说再见的时候了——不过，你为什么老是担心这件事呢？那样只会让你的每一天都过得惶恐不安。放心吧，如果我发现了苗头，一定会第一时间告诉你的。到此为止吧，继续赶路。我真想赶快见到我的好朋友铁皮人。"

他们又骑上了锯木马，蒂普紧紧地抓着木桩，南瓜人紧挨着蒂普，稻草人则用双臂抱着南瓜人的木头身子。

"没事了，慢点走吧，不会再有人追我们了。"蒂普对锯木马说。

"好吧！"锯木马用粗哑的声音说。

"你的嗓子哑了吗？"杰克礼貌地问道。

锯木马气冲冲地向前跳了一步，突出的眼睛向后一瞥。

"我说，"他大喊一声，"你能保护我不受别人的侮辱吗？"

"当然能，"蒂普安慰道，"我敢肯定，杰克绝对是一片好心。我们都是好朋友，不应该吵架。"

"我再也不会理南瓜人了，"锯木马气急败坏地说，"他的脑袋动不动就丢了，实在让人心烦。"

蒂普不知道该如何回答这个问题，沉默应该是最好的办法。

过了一会儿，稻草人说：

"我突然想起了一件事。就是在这片草地上，我曾经救了多萝茜一命，不然的话她就被西方恶女巫的毒蜜蜂蜇死了。"

"毒蜜蜂会伤害南瓜吗？"杰克担心地问，不停地看着四周。

"别害怕，它们全都死了。"稻草人安慰道，"伐木人尼克就是在这里杀死西方恶女巫的灰狼的。"

"谁是伐木人尼克？"蒂普问。

"他就是我的朋友铁皮人。"稻草人回答道。

"飞猴就是在这里把我们捆起来，并带走了多萝茜。"他们又走了一会儿，稻草人接着说。

"飞猴吃南瓜吗？"杰克吓得浑身发抖，一路上，他已经无数次问到这样的问题了。

"说老实话，我也不知道，但是你用不着害怕，因为那些飞猴现在已经变成了格琳达的奴隶，格琳达让他们干什么，他们就干什么。"稻草人一边沉思，一边说。

接着，稻草人就回忆起了过去冒险的生活，那匹锯木马则驮着他们在鲜花盛开的田野里飞驰着。

夜幕渐渐降临，蒂普让锯木马停下，所有人都下了马。

"我快累死了，"蒂普打着呵欠说，"草地又软又凉爽，我们就在这里睡一晚吧。"

"我睡不了觉。"杰克说。

"我从来不睡觉。"稻草人说。

"我连睡觉是什么都不知道。"锯木马说。

"可是，我们必须为这个可怜的男孩考虑一下，他和我们不同，是一个大活人，肯定会感到累。"稻草人总是想得那么周到，"多萝茜也是这样，当她睡觉时，我们总是坐着陪她。"

"真对不起，"蒂普轻声地说，"但是我实在受不了了。而且，我快饿死了！"

"这真让我感到害怕！"杰克担忧地说，"希望你不喜欢吃南瓜。"

"我只喜欢吃南瓜饼，"蒂普笑着说，

"所以你别怕，杰克。"

"那个南瓜人真是个胆小鬼！"锯木马哼哼着说。

"别说风凉话了，如果你知道自己早晚有一天会腐烂，你肯定也会变成胆小鬼！"杰克生气地回击道。

"好了，别吵了！"稻草人打断了他们，"这世界上从来就没有十全十美的人，我们每个人都有弱点，所以我们要互相帮助、互相关心。这个可怜的孩子很饿，却没有东西吃，我们什么忙都帮不上，唯一能做的就是让他好好地睡上一觉。听说，只要睡着了，就不会觉得饿了。"

"谢谢你！"蒂普感动地说，"陛下真的是又聪明又善良，简直太了不起了！"

说完，他就伸直了身子，用稻草人的身体当枕头，躺在草地上呼呼大睡起来。

第十一章

玻镍的皇帝

天亮没多久，蒂普就醒了。稻草人早就起来了，并用他那笨拙的手指在附近的灌木丛里摘了两把成熟的浆果。这真是一顿丰盛的早餐啊，蒂普吃得狼吞虎咽、津津有味。吃完后，这一小队人马又接着赶路。

他们骑马走了一个小时，来到了一座小山的山顶，从那里能远远地看见温基城：皇宫的圆顶高高的，耸立在一堆比较简陋的住宅中间，非常醒目。

稻草人激动不已，情不自禁地大声喊道：

"很快就能再见到我的好朋友铁皮人了，我真的太高兴了！我真心希望他统治得比我好。"

"铁皮人是温基领地的皇帝吗？"锯木马问道。

"没错！自从恶女巫被打败后，温基人就恳请他去管理这个领地。而且，在我眼中，铁皮人是全天下最善良的人，所以我确信他会是一个了不起的皇帝。"

"我觉得，'皇帝'是用来称呼一个帝国的统治者的。"蒂普说，"但是温基只是一个领地而已，这样称呼他似乎不太合适。"

"记住了，千万别在铁皮人面前说这件事！"稻草人急切地大声说，"这样会严重伤害他的感情的。他是一个非常骄傲的人，而且我认为他完全有这个资格。他喜欢别人叫他皇帝，而不是国王。"

"我可以肯定，我觉得这事无所谓。"蒂普回答道。

这时，锯木马走得很快，骑手们好不容易才在马背上坐稳，所以在到皇宫的台阶之前没有任何人说话。

只见一个年纪很大的温基人穿着一套银色的制服，走过来把他们扶下马。稻草人对这个人说：

"立刻带我们去见你们的皇帝。"

那个人为难地看了看这些人，说：

"恐怕你们要等等了。皇帝下令，今天上午不见任何人。"

"为什么？"稻草人焦急地问，"他没出什么事吧？"

"没有，没什么大事。"那人回答道，"今天是陛下上油的日子，现在他浑身上下裹着一层厚厚的润滑油呢，实在不方便见客。"

"哦，原来是这样！"稻草人喊道，他松了一口气，"我的朋友一向爱打扮，我想，他现在对自己的外貌更加自豪了。"

"的确如此，"那人礼貌地鞠了一躬说，"我们伟大的皇帝刚在身上镀了一层镍，肯定会比之前的样子更神气。"

"天啊！"稻草人惊呼道，"如果把他的智慧也镀上镍，那就再好不过了！你还是带我们去见他吧——我敢保证，就算是这种情况，他也非常乐意看见我们。"

于是，仆人带着他们走进了富丽堂皇的会客厅，锯木马也跟着走了进去，但事实上，马只能留在外面。

室内华美的布置让他们看得眼珠子都快掉出来了。看到那些挽成结并用小银斧固定住的银色布窗帘时，稻草人感触颇深。大厅中央有一张漂亮的圆桌子，上面放着一只很大的银油壶，油壶上雕刻着的正是铁皮人、多萝茜、胆小狮和稻草人以前玩耍的场面。就连银器上面的刻痕，也全都被涂上了黄灿灿的金子，金光闪闪的。墙上挂着几幅人像，稻草人的那幅是其中最突出的，并且做工考究。还有一幅巨大的画，上面画的是著名的奥兹魔法师，几乎有大厅里的一面墙壁那么大。在画面上，奥兹魔法师将一颗心献给了铁皮人。

当拜访者正在专心地欣赏这些东西的时候，隔壁房间突然传来了热烈的呼喊声：

"好，好，好，简直太好了！"

接着，门被打开了，铁皮人激动地冲到他们中间，紧紧地抱住了稻草人，把他弄得皱巴巴的。

"我亲爱的好朋友！我尊敬的好伙伴！"铁皮人兴奋地嚷道，"很高兴能再次遇到你。"

然后，他放开了稻草人，把他稍微推开，仔细地打量着稻草人那用笔画出来的脸庞。

可是，稻草人的脸上和身上沾了很多润滑油。铁皮人只顾着拥抱老朋友，却忘记了自己正在化妆，所以把身上那厚厚的涂料弄到他的朋友身上去了。

"天啊！"稻草人悲伤地说，"我这么脏，可怎么办啊？"

"别着急，我的朋友。"铁皮人回答道，"我把你送到皇家洗衣房去洗洗就好了，保证把你变得和新的一模一样。"

"我不会受伤吧？"稻草人问。

"肯定不会！"铁皮人回答道，"但是请你告诉我，你为什么会来这里，这些人又是谁？"

稻草人礼貌地介绍了蒂普和南瓜人杰克，铁皮人对杰克非常感兴趣。

"很明显，你不太结实，"皇帝说，"但是你看起来了门寻常，所以欢迎你成为我们这个伟大的团队的一分子。"

"谢谢陛下。"杰克谦恭地说。

"但愿你身体健康。"铁皮人继续说。

"目前倒是没什么问题，"杰克叹着气说，"但是一想到腐烂的那一天，我就提心吊胆的。"

"别想这些没用的！"铁皮人说，但是话语中透着和善和同情，"别杞人忧天了！因为在你的脑袋腐烂之前，我们可以把它做成罐头，这样就能永远保存了。"

在他们谈话的时候，蒂普丝毫没有掩饰自己的惊讶，目不转睛地盯着铁皮人，最后发现这位大名鼎鼎的温基皇帝其实是用铁皮焊接的。他一动弹，就会发出一连串叮叮当当的声音，但是公正地说，他的制作工艺非常棒。至于他的外貌，都被那一层厚厚的油料破坏了，已经看不清本来的面目了。

蒂普一动不动地看着铁皮人，让他突然意识到自己的模样不太适宜见人，所以和朋友们告辞，去处理一下。不一会儿，他就回来了，变得闪闪发光，稻草人发自内心地祝贺他变漂亮了。

"说真的，镀镍的办法真不错。"铁皮人说，"尤其是在冒险时，我的一些地方被抓坏了，一镀镍，我很快就变得和新的一样了。你们瞧，我的左胸刻了一个星星。它既指出了我那伟大的心脏的具体位置，还把魔法师将那个珍贵的器官放进去时所打的补丁遮得一点儿痕迹都看不出来，简直是天衣无缝。"

"也就是说，你的心脏是人工的？"杰克好奇地问。

"当然不是，"铁皮人严厉地回答道，"我觉得它是一颗真正的心脏，唯一不同的是体积更大，而且也更加温暖。"

然后，他转过身子问稻草人：

"你的臣民觉得自己幸福吗，我的好朋友？"

"这个问题我也不太清楚，"稻草人回答道，"但是奥兹国的女人联合起来，把我赶出了翡翠城。"

"原来是这样！"铁皮人惊讶地喊道，"完蛋了！你是那么明智而仁慈，她们怎么可能有什么怨言呢？"

"是的，但是她们说，不能两头满足的统治一点也不高明。"稻草人回答道，"有些女人还认为，她们已经受够了男人统治国家，想成为男人的主人，让他们好好尝尝被人奴役的滋味。所以，她们夺走了我的城市，把国库里所有的宝贝都据为己有，想怎么样就怎么样。"

"哦，这样的想法还挺特别的！"铁皮人既感到震惊不已，也觉得非常奇怪。

"我听她们的人说，"蒂普说，"她们还准备攻打这里，夺走铁皮人的城堡和城市。"

"绝不能让她们有时间这样做，"铁皮人着急地说，"我们必须立刻出发，把翡翠城和稻草人的王位都夺回来。"

"我早就知道你一定会帮我的，"稻草人激动地说，"你有多少人马？"

"还要什么军队啊？"铁皮人回答道，"就我们四个，再加上我那闪闪发光的斧头，不把那些叛军吓得屁滚尿流才怪呢！"

"是我们五个。"杰克纠正道。

"五个吗？"铁皮人重复了一遍。

"没错，锯木马非常英勇。"杰克回答道，他已经把之前和那个家伙的争吵忘得一干二净了。

铁皮人茫然地看了看四周，因为在此之前，锯木马一直悄无声息地站在角落里，压根儿就没有发现他。蒂普立刻把那个怪模怪样的家伙叫了过来。他笨拙地慢慢走着，差点把漂亮的圆桌和雕刻油壶弄翻了。

"我越来越觉得，"铁皮人严肃地看着锯木马说，"奇迹真是无处不在！这家伙怎么会是活的呢？我从来没有遇到过这么奇怪的事！"

"是我用魔法师的粉末让他活过来的，"蒂普谦虚地说，"而且他非常棒，给了我们非常大的帮助。"

"他帮我们躲过了叛军的袭击。"稻草人补充了一句。

"这样说来，我们自然应该把他当作好朋友。"铁皮人说，"活的锯木马的确是个新鲜玩意儿，我得认认真真地研究一下。不过，他知道些什么呢？"

"嗯，我很谦虚，所以不能说自己的生活经验很丰富。"锯木马回答道，"但是我学什么都很快，我觉得自己比其他人更有学问。"

"也许吧，"铁皮人说，"因为经验并不等于智慧。但是现在时间紧迫，什么都别说了，我们还是赶紧准备上路吧。"

皇帝把大法官叫了过来，教他在自己外出时如何处理政事。同时，人们把稻草人彻底拆洗了一遍。皇家裁缝不仅把他的衣服烫得整整齐齐的，还把他金光闪闪的王冠也重新缝到了他的脑袋上，因为铁皮人觉得他应该保留王室的标志。稻草人焕然一新，变得衣冠楚楚的，尽管他并不是一个爱慕虚荣的人。他对自己的样子非常满意，就连走路的时候也是昂首挺胸的。当其他人都在忙活稻草人的事时，蒂普却把全部的心思都放在修理杰克的木腿这件事上，把它们做得更结实，并给他做了个全身检查，确保他能正常行走。

一切准备就绪了！第二天一大早，他们就踏上了返回翡翠城的征程。走在队伍最前面的是铁皮人，他扛着一把金光闪闪的斧头，杰克骑在锯木马背上，蒂普和稻草人则分别在锯木马的两边，生怕杰克出什么意外，比如脑袋什么时候又不翼而飞了。

第十二章

H.M. 环状田虫，T.E. 无王

这时，叛军的司令琴洁将军正在为稻草人逃走而感到恐惧和不安。她的担心当然是有理由的：如果稻草人和铁皮人联手，她和整个军队都将面临危险；因为奥兹国的人民还记得这些英雄的壮举，他们曾经的奇遇是多么惊人和成功啊！

所以，琴洁立刻派人去向女巫老莫比求救，说只要她能帮她们打败叛军，她想要多少钱，就给她多少钱。

蒂普曾经捉弄过莫比，还偷走了宝贵的生命之粉，对此莫比一直记恨在心，所以不用别人再三请求，她就决定去翡翠城帮助琴洁对付稻草人和铁皮人，因为他们是蒂普的朋友。

莫比刚进宫没多久，就利用自己的巫术看见这些冒险家正在赶往翡翠城的路上，所以她把自己锁在塔顶上的一个小房间里，想用她的巫术拦住他们的去路。

铁皮人突然停住了脚步。他说：

"真是太奇怪了！这条路我走了无数次，再熟悉不过了，但是现在我们恐怕迷路了。"

"这怎么可能呢？"稻草人说，"好伙计，你为什么会这么说？"

"是啊，我们前面是一大片葵花地……可是我清楚地记得，我从来没有来过这里。"

听到这里，大家看了看四周，这才意识到他们的确被一片种着高秆植物的田地包围了。每根高秆顶上都有一个非常大的向日葵，而且这些花的颜色非常刺眼，他们差点就失明了。每朵花还在柄上不停地转来转去，像小风车一样，把他们看得眼花缭乱、稀里糊涂的，不知道到底应该走哪条路。

"当心，这是巫术！"蒂普惊讶地喊道。

就在他们停住脚步，不知道该怎么办时，铁皮人大喊一声，举起斧头砍断了面前的葵花柄。向日葵立即停止了转动，每朵花的中央突然出现了一个女孩子的模样。这些可爱的脸庞露出了讥讽的笑容，看到他们因为自己的出现而感到惊诧，全都哈哈大笑起来。

"赶紧住手！"蒂普抓住铁皮人的胳膊，喊道，"她们是活的！是真的女

孩子!"

这时，那些花朵又开始转动起来，女孩子的模样越来越模糊，最后渐渐没了踪影。

铁皮人沮丧地放下斧子，闷闷不乐地一屁股坐在地上。

"虽然砍掉这些美丽的花朵很残忍，"他丧气地说，"但是我实在想不出其他办法能继续赶路。"

"我觉得她们怪怪的，和叛军的脸很像，"稻草人沉思着，"但是我不明白，那些姑娘为什么这么快就找到我们了。"

"这一定是巫术，"蒂普肯定地说，"我敢肯定我们被捉弄了。老莫比以前就干过同样的事。也许这只是我们的幻觉，向日葵根本就不存在。"

"那我们就闭上眼睛往前走吧。"铁皮人建议道。

"对不起，"稻草人说，"我的眼睛是用笔画上去的，根本闭不上。你刚好有铁皮眼睑，难道就以为我们大家都和你一样吗？"

"再说，锯木马的眼睛是节疤眼。"杰克说着，走过去盯着他的眼睛。

"不管怎么说，你必须快点朝前骑。"蒂普严肃地说，"我们跟着你跑，再想办法逃出去。我觉得头昏眼花的，已经看不太清楚了。"

就这样，杰克拼命地朝前骑，蒂普紧紧地抓着锯木马的秃尾巴，闭着眼睛跟着。稻草人和铁皮人在最后。他们只走了几米路，杰克就兴高采烈地告诉他们，前面的障碍已经清除了。

于是，所有的人都转过头瞧，向日葵真的全都消失不见了。

他们高兴地继续往前走，但是老莫比把地形变得乱七八糟的，如果不是聪明的稻草人根据太阳辨别方向，他们百分之百会迷路。就算老莫比的巫术很高明，也不可能改变太阳的行程。

然而，老莫比决不会就这样放过他们，等在他们前面的是更多的困难。锯木马不小心踩进了兔子窝，摔倒了。杰克被高高地甩到了空中，如果不是铁皮人身手敏捷，在南瓜掉到地上之前把他接住了，他的生命可能就要在此画上句号了，实在是太惊险了！

杰克安然无恙，蒂普很快就让他重新站了起来。锯木马就没那么好运

了。当大家把他从兔子洞里拉出来时，发现他的腿少了一截，如果不更换或者修理，他就不能再走路了。

"这下麻烦了。"铁皮人说，"如果附近有树，我马上就能把他修理好，可是方圆几英里，我连一棵灌木都没看到。"

"而且这一带什么都没有，没有篱笆，也没有房子。"稻草人沮丧地说。

"那怎么办？"蒂普问。

"我们大家都好好想想。"稻草人回答道，"根据我的经验，只要我们慢慢想办法，再难办的事情也一定能办好。"

"来吧，我们大家都好好想想，"蒂普说，"说不定我们真的能想办法把锯木马修好。"

他们在草地上并排坐着，开动脑筋，锯木马则一脸好奇地盯着自己的断腿。

"你觉得疼吗？"铁皮人同情地小声问道。

"什么感觉都没有，"锯木马回答道，"但是我的骨骼这么脆弱，这实在有点伤自尊，太丢脸了。"

这群人静静地想了一会儿。很快，铁皮人抬起头看着田野。

"瞧，朝我们走过来的是什么东西？"他惊讶地大声喊道。

其他人顺着他的目光看去，竟然看见了一个见所未见的怪家伙。他走得非常快，一点儿声音也没有，只用了短短几分钟，就站在了这群冒险家的面前，而且用同样惊讶的目光盯着他们。

稻草人还是那么冷静、淡定。

"早上好！"他礼貌地说。

怪家伙摘下了帽子，动作显得很滑稽，然后深深地鞠了一躬，回答道：

"早上好，所有的人，我希望你们都身体健康。这是我的名片。"客套话说完后，他就恭恭敬敬地递给了稻草人一张名片。稻草人接过名片后看了一会儿，然后摇了摇头，把名片交给了蒂普。

蒂普大声念道：

"H.M. 环状甲虫，T.E. 先生。"

"什么乱七八糟的？"杰克尖叫一声，不敢相信似的盯着看。

"没错，我从来没有见过这么稀奇古怪的名字！"铁皮人说。

蒂普的眼睛瞪得圆溜溜的，显得很空洞。锯木马深深地叹了一口气，扭过头去。

"你真的是一只环状甲虫吗？"稻草人问道。

"我可以保证，亲爱的先生。"那个怪家伙回答道，"好好瞧瞧，名片上不是写得清清楚楚吗？"

"我看见了。"稻草人说，"但是，请问 H.M. 是什么意思呢？"

"意思就是'放大了很多倍的'。"环状甲虫骄傲地说。

"我明白了。"稻草人挑剔地看着眼前这个怪物，"但是，你真的放大了很多倍吗？"

"是的，先生。"环状甲虫肯定地说，"我还以为你是一个有判断力和洞察力的绅士，却没想到你竟然没看出来我比普通的环状甲虫大好几千倍。我发誓，我是放大了很多倍的，这一点你不用怀疑。"

"我真的很抱歉，"稻草人说，"自从上次被水洗后，我就总是糊里糊涂的。如果我再问你'T.E.'是什么意思，你会不会特别生气？"

"这两个字母代表的是我的学位。"环状甲虫自豪地说，"简单地说，这个缩写证明我受过了完整的教育。"

"我终于明白了。"稻草人松了一口气。

蒂普还是目不转睛地盯着那个怪家伙：一个又大又圆的甲虫似的身体，两条细细的腿，细小的脚上有向上蜷曲的脚趾。他的上肢和腿一样，都像麻秆一样细细的，长长的脖子勉强支撑着一个脑袋——和人的脑袋差不多，只是鼻子尖上多了一根卷曲的胡须，也就是"触须"。他的耳朵尖上也有须，在脑袋的两边，看起来很像两根细小而卷曲的辫子。不得不承认，那一对圆圆的黑眼睛特别醒目，但好在环状甲虫脸上的表情一点也不令人讨厌。

这甲虫穿着一件深蓝色燕尾服，还有黄绸衬里，纽扣眼里别着一朵鲜花，宽大的身躯上套着一件白帆布的马夹；浅黄褐色的毛绒灯笼裤，在膝盖处用镀金带扣扣得紧紧的，小脑袋上还顶着一只缎子高帽，非常时髦。

环状甲虫站着的时候，几乎和铁皮人一样高；没错，在奥兹国，没有任何人见过比这更大的甲虫。

"说实话，"稻草人说，"你的从天而降让我很意外，也让我的朋友们大吃一惊。但是，我希望你不会因此而感到不高兴，我们真的不是有意的。请给我们一点儿时间，我们可能会慢慢习惯的。"

"没什么大不了的，"环状甲虫真诚地回答道，"让人们吃惊，我觉得很高

兴，因为我本来就不是普通的甲虫，自然能引起人们的好奇和称赞。"

"没错。"稻草人表示赞同。

"如果你能让我坐在你尊敬的朋友旁边，"那个怪家伙接着说，"我一定会非常乐意把我的过去告诉你们的，这样你们就能明白所有的事情了。说不定，你们也会觉得我是非凡的——我指的只是外表。"

"随便你怎么说，只要你高兴就行。"铁皮人回答道。

于是，环状甲虫坐在草地上，对他们讲起了下面的故事。

第十三章
放大了许多倍的历史

　　"在故事开始之前，我得说一句实话，我出生时也是一只普通的环状甲虫，和你们经常见到的那些甲虫没什么区别。"那家伙坦率地说，"我走路时手脚并用，整天在石头缝里爬来爬去的，或者藏在草根中，为的就是找一些更小的昆虫填饱肚子，除此之外什么都不知道。

　　"在寒冷的夜晚我冻得僵硬，动都动不了，因为我没有穿衣服。多亏了每天早晨那温暖的阳光给了我新的生命，我才活了过来。这种生活太可怕了。但是你们知道吗，这是环状甲虫和生存在地球上的其他小生物必须面对的生活，谁都无法避免，这一切都是命中注定的。

　　"我只是一只微不足道的甲虫，但没想到的是，幸运的光环照在了我身上，我被幸运之神赋予了更伟大的使命！一天，我爬到一所乡村小学里，教室里传来了学生们单调的嗡嗡声，我觉得很好奇，所以就鼓起勇气爬了进去，并通过两块木板之间的缝隙爬到了很远的地方。在那里，我看到了炉子里烧得红彤彤的余火，老师就坐在他的桌旁。

"像我们环状甲虫这么小的玩意儿压根儿就没人注意到，而且我发现火炉比阳光更温暖舒适，所以我当时就决定以后在这里安家，再也不离开这个暖和的地方了。于是我就在两块砖之间的缝隙里找到了合适的地方，并且在那里一住就是好几个月。

"诺维托老师绝对是奥兹国最有名的学者，几天后我就听到他给学生讲课和谈话了。那些学生全都比不上我这只微不足道的环状甲虫，我听得最仔细，所以我学会了很多知识，这一点实在太奇妙了。这就是我非要把T.E.印在名片上，强调自己受过完整教育的原因，因为成为这世上最有学问的环状甲虫是我最骄傲的事——普通的甲虫连我的十分之一都比不上。"

"我不会怪你的，"稻草人说，"受教育的确很值得骄傲，因为我也受过教育。我的朋友们认为伟大的魔法师给我的脑子是全世界最棒的。"

"但是，"铁皮人说，"我觉得一颗善良的心才是最重要的，当然也包括教育或脑子。"

"在我看来，"锯木马说，"一条好腿才是这世界上最重要的事情。"

"瓜籽算是脑子吗？"杰克突然问道。

"闭嘴吧你！"蒂普大声地制止了他。

"好的，爸爸。"杰克立刻听话地闭上了嘴巴。

环状甲虫耐心地听着朋友们的言语，然后接着讲述。

"我差不多在学校的炉子里待了三年，"他说，"我不断地汲取知识中的营养和智慧。"

"很有诗意。"稻草人评论道，赞许地点了点头。

"但是有一天，"甲虫接着说，"一个奇妙的意外改变了我的生活，老师发现我从炉子上爬过，还没等我逃走，就用大拇指和食指抓住了我。"

"'孩子们，'他说，'我抓到了一只环状甲虫，是一个很稀有、很有趣的品种。有人见过环状甲虫吗？'

"'没见过！'学生们异口同声地说。

"'那么，'老师说，'我就用我那著名的放大镜把它放大，然后放在放大很多倍的屏幕上，你们就能好好研究一下它的特殊结构了，还可以顺便

了解它的习惯和生活方式。'

"接着，他从一个柜子里拿出了一件非常有趣的工具，我还没反应过来，就发现自己被扔到了一个屏幕上，身体变大了好多倍——就是你们现在看到的这样。

"学生们纷纷站到凳子上，伸长脖子想把我看清楚，两个小女孩甚至跳到了窗台上，因为那里看得更清楚。

"'记住了！'老师大声地说，'这个放大了很多倍的环状甲虫是世界上最奇特的昆虫之一！'

"我受过完整的教育，而且知道怎样做一个有教养的绅士，于是我站了起来，一只手放在胸前，彬彬有礼地鞠了一躬。我的动作把他们吓坏了，蹲在窗台上的一个小女孩尖叫一声，摔到了窗外，把同伴也拉了下去。

"老师害怕地大声叫喊，夺门而出，看可怜的孩子们有没有受伤。小学生们都跟着老师出去了，只有我单独留在教室里，还是被放大了很多倍的模样，而且能自由地活动。

"我马上意识到，这是逃跑的好机会。我庞大的身躯让我骄傲不已，我知道，现在我可以顺利地到达我想去的每一个地方，想去哪就去哪，而我的教养会帮助我和遇到的最有学问的人交谈。

"我看到老师把两个小女孩扶起来——很幸运，她们只是吓坏了，没什么大事——学生们关切地围着她们的时候，我放心地走出了学校，不由自主地逃到了附近的树林里。"

"真的太棒了！"杰克赞赏道。

"确实是这样，"环状甲虫说，"我一直庆幸自己在放大很多倍的情况下逃走，因为如果我还是一只小小的甲虫，那么我的学问再大也没什么用。"

"我现在才知道，"蒂普茫然地盯着环状甲虫说，"甲虫也和人一样穿衣服。"

"一般来说，他们都不会穿衣服，"甲虫说，"可是当我四处流浪时，我幸运地救了一个裁缝的最后一条命——裁缝和猫一样，都有九条命，你们应该听说过这件事吧？裁缝非常感谢我的救命之恩，因为如果这次他死了，就彻底完蛋了。最后，他为我制作了一套款式新潮的服装，就是我穿的这身。很合身，对不对？"说着，环状甲虫站起来，转着圈地展示自己的好身材。

"他肯定是个出色的裁缝。"稻草人说，语气中透着羡慕。

"不管怎么样，他是个好心的裁缝。"铁皮人说。

"可是我们看见你时，你是要到哪里去呢？"蒂普问。

"我也不太清楚，"环状甲虫回答道，"但是我准备过段时间就去翡翠城看看，并为那些有需要的听众做一次讲座，题目就叫'放大的好处'。"

"我们现在就去翡翠城，"铁皮人说，"所以如果你愿意，我们非常乐意和你同行。"

环状甲虫优雅地鞠了一躬。

"当然，"他说，"我非常乐意。因为在整个奥兹国，我从来没有见过如此志同道合的伙伴。"

"我是说真的，"杰克说，"我们俩，就像苍蝇和蜂蜜一样。"

"但是抱歉，请允许我说一句真话，如果说我的模样有点古怪，你们大家看起来其实也不太正常。"环状甲虫带着极大的兴趣说。

"大家都一样，"稻草人回答道，"生活中每件事都是异常的，你慢慢就习惯了。"

"这种哲学太难得了！"环状甲虫钦佩地说。

"是的，今天我的脑子转得还挺快的。"稻草人骄傲地说。

"那么，要是你们吃饱喝足了，也休息好了，我们就赶紧去翡翠城吧。"那放大了很多倍的家伙说。

"不行，"蒂普说，"锯木马的腿断了，不能走了。周围没有木头可以给他做一条新腿，我们又不能不带他走，因为杰克的关节是僵硬的，必须骑马才行。"

"太不幸了！"环状甲虫嚷嚷道，然后仔细地看了看伙伴们，说，"如果南瓜人一定要骑马，为什么不干脆用他的一条腿来做锯木马的腿呢？反正他们都是用木头做的。"

"瞧，这就是我说的聪明。"稻草人赞同道，"奇怪，我怎么没早点想到这个点子呢？就这样做吧，铁皮人，把南瓜人的腿装到锯木马身上。"

杰克当然不愿意，但是他又能怎么办呢？事实上，锯木马也不太喜欢这次手术，因为他觉得自己被坑了，而且那条腿和他的腿比起来差远了，看起来很丢脸。

"请你说话小心点，"杰克愤怒地说，"别忘了，你这是在辱骂我的腿。"

"我当然记得，"锯木马反击道，"因为它和你身上所有的部位一样，都很脆弱。"

"什么，脆弱？"杰克愤怒地喊道，"你真是太过分了，竟然敢说我脆弱。"

"因为你本来就长得很滑稽，和一只跳娃娃差不多。"锯木马取笑道，他那圆鼓鼓的眼睛还不怀好意地乱转，"还有你的头，整天没完没了地转，没有人知道你到底是在看前面，还是在看后面，而且一不小心就会弄丢。"

"朋友们，都什么时候了，你们还有时间吵架呢？"铁皮人恳求道，"我说句公道话吧，我们每个人都不是完美的，应该对别人包容一点。"

"这个建议不错，"环状甲虫赞同道，"你心地一定很善良，我的铁皮朋友。"

"是的，"铁皮人回答道，他感到很开心，"我的心脏的确是我身上最好的部位。但是现在，什么话都别说了，我们还是赶紧上路吧，正事要紧。"

他们将一条腿的南瓜人扶上了锯木马，把他捆在座位上，免得他掉下去。

然后，他们一行人在稻草人的带领下匆忙地赶往翡翠城。

第十四章

老莫比的巫术

还有一件麻烦事，他们发现锯木马的脚有点瘸，因为他的新腿比旧腿稍长一点。大家只能停下来，让铁皮人用斧子把它修理一下。这样，那木马才走得舒服一点了。尽管如此，锯木马对这条腿还是不太满意。

"我把自己的一条腿摔断了，简直是太丢人了！"他怒吼着。

"你怎么会这么想呢？我觉得正好相反。"一旁的环状甲虫高兴地说，"你应该把这件事当作是你的运气。因为如果不把腿摔断，马就没什么用处。"

"抱歉，"蒂普非常关心地说，"说实话，我觉得这个玩笑糟糕透了，没有新意，而且一点儿也不好笑。"

"但不管怎么说，这也是个玩笑啊。"环状甲虫肯定地说，"用文字游戏来开玩笑不是正好合适吗——包括我在内的所有有教养的人都是这样认为的。"

"这是什么意思？"杰克傻乎乎地问道。

"我的意思是，我的好伙计，"环状甲虫解释道，"我们的语言中有很多词有双重寓意，用某一个词的两个意思来开玩笑，能体现开玩笑的人的文化和修养，他自己也可以利用这些机会更好地掌握这些语言。"

"我不认为是这样，"蒂普直截了当地说，"因为每个人都可以说双关语。"

"事情并不像你想的那样，"环状甲虫固执地说，"高等教育必不可少。亲爱的小伙子，你受过教育吗？"

"只一点。"蒂普回答道。

"那么你就没办法做出正确的判断。我受过了完整的教育，我觉得，双关语最能体现一个人的天赋，如果一个人连双关语都不会说，那么不管他有多么聪明，都算不上是一个天才。比方说，如果我骑上这匹锯木马，就意味着他不仅仅是一只牲口而已，我会把他当成马车——因为那时他就是一匹用马拉的轻便马车。"

听到这里，稻草人叹了一口气；铁皮人突然停下脚步，严肃地盯着环状甲虫，眼神中充满了责备。与此同时，锯木马大声地喷鼻表示嘲笑；南瓜人也用手遮住自己的笑容，但是这笑容是刻在他脸上的，他永远也没办法皱眉头。

但是环状甲虫并没有意识到所有人的不悦，仍然昂首挺胸地走着，仿佛他发表了什么高明的见解。这时，稻草人只好打破这令人尴尬的气氛：

"亲爱的朋友，我听说，就算是人，也有读书读过头的时候，虽然我很尊重知识，但是我觉得你的脑子有点糊里糊涂的。不管怎么样，和我们在一起时，请你控制一下你那了不起的教养，照顾一下我们的感受，行吗？"

"和我们相处并不困难，"铁皮人接着说，"我们都是善良的人，但是如果你再次表现出你那了不起的教养……"他停住了，漫不经心地转动着他的斧子。环状甲虫立马吓得浑身发抖，退缩到人群后面去了，连大气都不敢出。

其他人都一言不发，慢慢地走着，自认为最有学问的那位想了一会儿，然后谦虚地说："大家放心吧，我一定会尽可能克制自己的。"

"我们也是这样希望的。"稻草人高兴地说。于是大家又变得愉快起来，继续赶路。

当蒂普再一次休息时——似乎只有他一个人会感到疲倦——铁皮人突然看见铺满了青草的牧场上有很多奇怪的小圆洞。

"这里肯定是田鼠村，"他对稻草人说，"我不确定我的朋友田鼠女王是不是就住在这附近。"

"如果她在，就对我们有很大的帮助。"稻草人回答道，他的脑子里突然闪过一个念头，"你试试看能不能把她叫过来。"

于是，铁皮人吹了一下挂在他脖子上的一只银哨子，发出了一种刺耳的声音，一只小小的灰色田鼠立刻从旁边的洞里出来了，大胆地朝他们走了过来。铁皮人是她的救命恩人，所以她非常信任他，而且也非常愿意帮助他。

"您好，尊敬的陛下，"铁皮人有礼貌地对田鼠说，"希望您身体健康。"

"谢谢您的关心，我一切都好，"女王坐起来，露出了她头上小小的金色王冠，亲切地回答道，"我能帮你们什么忙吗？"

"您太聪明了，我们确实需要您的帮助。"稻草人迫不及待地回答道，"我想带您的十几个臣民一起去翡翠城，可以吗？"

"那他们会不会有什么危险？"女王担心地问道。

"应该不会，"稻草人说，"我会把他们藏在我身上的稻草里，等我解开马夫的扣子给他们发出信号时，他们立马钻出来逃回家就行了。他们只需要这样做，就能帮我把王位夺回来。您觉得怎么样？"

"在目前的情况下，"女王说，"无论您提出什么要求，我都一定会答应。如果您准备好了，我就会把十二个最聪明的臣民叫到您面前。"

"我已经准备好了。"稻草人说。说完，他躺在地上，解开了马夹，把身上的稻草露了出来。

女王尖叫了一声，十二只可爱的田鼠立刻从洞中钻了出来，听从女王的命令。

女王对他们说了什么，没有一个人能听得懂，因为那是田鼠的语言，那个自认为最聪明的人同样没有听懂。只看见那些田鼠毫不犹豫地服从命令，一个接一个闪电般地跑到稻草人面前，藏进了他的稻草里。

把十二只田鼠都藏好后，稻草人紧紧地扣住他的马夹，然后站起来真诚地向女王表示感谢。

"您还能帮我们一个忙，"铁皮人建议道，"那就是在前面为我们指路。因为很明显，敌人在想方设法拦住我们的去路。"

"我非常乐意，"女王回答道，"请问，你们做好准备了吗？"

铁皮人看着蒂普。

"我休息够了，"蒂普说，"可以马上出发了。"

于是，他们继续上路，那小小的灰色田鼠女王一个箭步冲到前面，然后又停下，等大家跟上来后又飞快地向前跑，把大家甩得远远的。

　　如果不是这个好向导，稻草人和朋友们可能永远也到不了翡翠城。老莫比用自己的巫术在路上设置了很多障碍，但和蒂普想的一样，所有的障碍都是虚幻的，是她想出来的骗术。当他们站在挡住他们去路的一条奔腾不息的河流的岸边时，小女王径直往前走，顺利地穿过了洪水，其他人跟在她后面，一滴水都没沾到，身上干干净净的。

　　一堵高高的花岗岩墙巍然耸立在他们的头上，挡在了他们前面。田鼠女王直接穿了过去，其他人也照做，他们走过去时那墙就变成了薄雾。

　　他们停下来让蒂普休息了一会儿，突然就看见脚下有四十条道路伸向四十个不同的方向，很快这四十条道路就像一个大轮子一样不停地旋转，先是朝一个方向转，接着又朝相反的方向转，把大家都弄得稀里糊涂的。

　　女王叫他们跟在她后面，继续往前走。他们只走了几步，那旋转的道路就突然消失了，永远地消失了。再明显不过了，这也是老莫比的诡计。

　　其中，最可怕的是莫比的最后一个巫术。她点了一大把熊熊燃烧的烈火，从草地上卷过来想要把他们吞没，稻草人头一次感到害怕，转身就想逃走。

　　"如果被火烧到，那我就完蛋啦！"他说着，吓得浑身发抖，连稻草也发出了窸窸窣窣的响声，"这是我遇到过的最恐怖的事情。"

　　"我也要走了！"锯木马喊道，转过身去害怕地跑开了，"我的木头很干，一不小心就会被烧成灰烬的。"

　　"火对南瓜有威胁吗？"杰克不安地问道。

　　"它会把你烤成馅饼的——我也一样！"环状甲虫说。他站在地上，这样就能跑得快一点儿。

　　铁皮人一点也不怕火，他说了几句理智的话，才彻底平息了这次风波。

　　"看田鼠女王！"他喊道，"她一点儿伤都没受。这其实不是火，是骗人的。"

　　看着小女王像没事人一样在火焰中行走，所有的人瞬间就变得有勇气了。他们跟在她后面，安然无恙。

"这真的是一次非常奇特的冒险，"环状甲虫惊讶地说，"因为它把我在学校里听到诺维托老师讲授的自然规律彻底地推翻了。我又学到了很多新东西。"

"当然啦，"稻草人明智地说，"所有的魔法都是违背自然的，所以我们才会害怕和躲避。翡翠城的城门就在眼前，所以我想我们已经消除了挡在我们前面所有的魔法障碍，很快就可以进城了。"

确实，城墙已经能看得很清楚了，一直充当忠实的引路人的田鼠女王过来和他们说再见，她的任务已经漂亮地完成了。

"我们非常感谢陛下的热心帮助。"铁皮人一边说，一边对田鼠女王鞠了一躬。

"别客气，我一直很乐意为我的朋友们效劳。"女王的话音刚落，就踏上了回家的路程。

第十五章

女王的俘虏

他们走近翡翠城的城门时，看见守门的是叛军中的两个姑娘。她们恶狠狠地挥舞着编织针，不让大家进去。

但是，铁皮人一点也不害怕。

"别害怕，没什么大不了的，她们顶多只能在我镀镍的表皮上划上几道。"他说，"我觉得把这些可笑的士兵吓走并不难。现在，所有的人都紧跟着我，千万别乱跑。"

然后，他一边大幅度地左右舞动着斧头，一边大踏步地走向城门，其他人则坚定地跟在他身后。

这些人竟然敢反抗，这完全出乎这些女孩子的意料。她们被闪光的斧头吓得尖叫着躲到了城里，再也不敢出来。所以铁皮人一行畅通无阻地进了城，沿着绿色的大理石街道朝王宫走去。

"如果不出什么意外，稻草人很快就能重登王位了，到时候，一切都要重归原位。"铁皮人自信地说。

"真的太感谢你了，亲爱的铁皮人，"稻草人感激地说，"没有人能战胜你善良的心灵和锋利的斧头。"

他们路过一排排住房时，从打开的房门中看见男人们正在忙活着，比如扫地、擦桌子、洗盘子，女人们则三五成群地围在一起聊天、嬉闹，无事可做。

"这是怎么回事？"稻草人问一个愁容满面的男人。他的胡子很浓密，穿着一件围裙，推着一辆婴儿车。

"陛下您也知道，我们前不久刚刚发生了一场革命。"那人回答道，"您走了以后，女人们就骑在我们男人脖子上了，随心所欲，想干什么就干什么。看见您回来，我简直太高兴了，翡翠城的男子因为干家务活和照看孩子累坏了。"

"嗯！"稻草人想了一会儿，说，"如果这些活真的那么累，那为什么女人们会干得很轻松呢？"

"我也不知道是怎么回事，"那男人叹着气说，"说不定，女人们是用钢铁铸成的。我们再也受不了这样的日子了，简直生不如死。"

他们一路朝前走，没有任何人过来阻拦他们。几个女人停止了闲聊，也只是好奇地看了他们几眼，然后又接着嬉笑、闲谈。令人意外的是，叛军中的几个姑娘看见他们时一点也不惊讶，只是给他们让路。

不知道为什么，稻草人觉得很不安，总觉得不太对劲。

"前面会不会有埋伏？"他说。

"怎么可能？"铁皮人信心十足地说，"那些傻子已经被彻底征服了。"

稻草人摇了摇头，仍然很担心。蒂普也说："事情绝不会这么简单，当心前面有陷阱，我们一定不能掉以轻心。"

"没错！"稻草人附和道。

不过，他们没有遇到任何麻烦，就顺利地走进了王宫，踏上了大理石台阶。他们慢慢地走着走着，发现原本镶嵌在台阶上的翡翠全都不见了，变成了一个个丑陋的小洞。到现在为止，他们还是一个叛军都没看见。

铁皮人领着他们穿过拱形门厅，走进金光闪闪的觐见室，绿色的绸帘子突然在他们身后落下，映入他们眼帘的是奇怪的景象。

琴洁将军坐在闪闪发光的宝座上，头上戴着稻草人最漂亮的王冠，右手还拿着权杖。她的膝盖上放着一盒糖果，她正在津津有味地吃糖，日子过得非常舒服。

稻草人走到她面前，铁皮人倚靠着他的斧头，其他人则在稻草人身后围成半圆。

"好大的胆子，你竟然敢坐在我的宝座上！"稻草人严厉地责问这个可恶的叛军，"你知道自己犯了什么罪吗？"

"王位只属于能占领它的人，谁占领了它，就是它的主人。"琴洁漫不经心地吃着糖果，回答道，"我夺走了它，它就是我的，而所有反对我的人都犯了叛国罪，应该受到法律的制裁，我绝不会放过他们的。"

琴洁的逻辑让稻草人不知所措。

"什么情况？"他问铁皮人。

"只要说到法律，我就该闭嘴了，"铁皮人回答道，"因为从来就没有人能弄懂法律，很明显，做这种尝试非常愚蠢。"

"那我们应该怎么办？难道没有其他的办法了吗？"稻草人灰心地问道。

"朋友们，我有一个好办法，你可以和女王结婚，到时王位就是你们两个人的了。"环状甲虫提议道。

琴洁恶狠狠地瞪了环状甲虫一眼。

"为什么不把她送还给她的母亲家，那里才是她该待的地方。"杰克说。

听到这里，琴洁皱了皱眉头。

"为什么不干脆把她关起来，让她保证从此以后做个好孩子呢？"蒂普问。

琴洁的嘴唇轻蔑地撇了撇，觉得他们根本就是在开玩笑。

"或者狠狠地教训她一下！"锯木马说。

"不行，"铁皮人说，"我们绝不能这样对待这个可怜的女孩子。这样吧，把她想要的珠宝全都给她，让她满意地离开这里吧。"

琴洁女王突然哈哈大笑起来，然后拍了三下手掌。

"你们这群可笑的笨蛋，"她说，"我已经受够了你们的胡闹，不想再和你们浪费时间了。"

稻草人和他的朋友听到这些无礼的话时，令人吃惊的事情突然发生了：有人从身后抢走了铁皮人的斧头，铁皮人只能束手就擒。他们还听到了一阵可怕的笑声，原来是叛军，她们全都握着金光闪闪的编织针，把他们紧紧地围住了。整个觐见室里挤满了叛军，这一刻，稻草人和他的朋友才意识到自己成了俘虏。

"看见了吧，和一个女人的聪明才智作对是多么愚蠢的事！"琴洁得意地说，"这件事告诉我们，我比稻草人更适合做翡翠城的统治者。我对天发誓，我从来没有想过伤害你们，但如果你们非要捣乱，和我作对，那我决不会对你们客气，你们一定会死得很难看的。除了那个男孩以外，其他的人全都得死，因为他的主人老莫比还在等着教训他呢。至于你们几个不是人的东西，就算把你们拆了也没事。锯木马和南瓜人的身子可以

当作柴火，南瓜可以做成馅饼。稻草人正好可以用来点篝火，铁皮人可以弄成小片小片的，用来喂山羊再好不过了。还有你这只巨大的环状甲虫……"

"抱歉，是放大了很多倍的！"环状甲虫纠正道。

"别着急，我会让厨师用你来煮汤的。"女王想了一会儿说。

环状甲虫害怕地耸了耸肩。

"如果不行，那我就用你来做土豆炖牛肉，炖得非常烂，味道棒极了。"

这种处罚简直太恐怖了，俘虏们吓得呆立在那儿，一动也不敢动——除了稻草人以外，他并没有绝望。他镇定地站在女王面前，脑子里飞快地转着，思索着逃跑的方法。一到关键时刻，他那灵活的大脑就会迸发出无穷无尽的智慧来。

他在思考的时候，突然发现胸中的稻草在慢慢地蠕动。他顿时变得开心起来，迅速解开了他的马夹扣子。

他身边的姑娘把他的这个动作看得一清二楚，但是没有一个人知道这是什么意思，也就没当回事。很快，一只小灰鼠从他怀里跳到了地上，在叛军的脚底下跑来跑去。老鼠一只接着一只，姑娘们吓得大声尖叫，四处逃窜。

至于女王呢，她站在宝座的坐垫上，踮着脚，害怕地乱跳。一只老鼠跑到坐垫上，琴洁害怕地猛地从稻草人的头顶上跨了过去，从拱形门厅逃跑了——她拼命地跑啊跑，一直到城门才停下来。

除了稻草人和他的朋友外，所有的人都跑出了觐见室。环状甲虫松了一口气，说："太好了，

我们没事了！"

"应该是暂时安全了，"铁皮人说，"但我担心敌人还会杀回来。"

"那我们赶紧把王宫的入口全都封住吧！"稻草人说，"然后我们再抓紧时间想办法。"

因此，所有的人都朝王宫的各个入口飞奔而去，小心翼翼地把门锁好，只有南瓜人杰克还老老实实地待在锯木马身上。接着，这些冒险家又一次在觐见室内商量大计，因为他们非常清楚，在几天内，叛军们是绝不可能攻进来的。

第十六章

稻草人抓紧时间思考

"我觉得，"等大家再次在觐见室会合时，稻草人说，"让琴洁将军当女王一点儿错都没有。如果她没错，那么错的就一定是我，我们就不应该夺走她的宝座。"

"可是，这个宝座明明就是你的啊，她只是一个可耻的掠夺者。"环状甲虫把手放在口袋里，神气地走来走去，"所以，我觉得我们现在这样做没错。"

"而且她刚刚被我们打败后，已经逃跑了。"杰克转过来看着稻草人说。

"我们真的打败她了吗？"稻草人冷静地问道，"你瞧瞧窗外，说说外面发生了什么。"

蒂普立刻去窗口看了看。

"天啊，王宫被两排女兵守卫着。"他说。

"和我想的一模一样，"稻草人说，"她们刚才被王宫里的老鼠吓得逃跑了，但是到现在为止，我们还是她们的阶下囚。她们把我们包围了，我们

插翅难逃。"

"我的朋友说得没错，"铁皮人一边用一小块麂皮擦拭自己的胸口，一边说，"琴洁还是女王，而我们还是俘虏。"

"但愿我们不会被她们抓住，"杰克吓得浑身发抖，"大家都知道，她想把我做成馅饼，一想到这句话，我就怕得不得了。"

"没事的，"铁皮人说，"没什么大不了的。如果我们一直被关在这里，你早晚也会腐烂的。不管怎么说，一个好馅饼总比腐烂的东西好得多吧。"

"的确如此。"稻草人说。

"太可怕了！"杰克痛苦地呻吟道，"我真是命苦啊！好爸爸，你为什么不用铁皮或者稻草来造我呢，这样我就永远不会死了。"

"得了！"蒂普生气地说，"我让你活过来，你就该谢天谢地了，居然还挑三拣四的。"但之后，他又补充了一句："不光是你，任何事物都有完蛋的一天。"

"我要提醒你们，"环状甲虫圆鼓鼓的眼睛中流露出了哀伤的神色，"那该死的琴洁女王想用我来炖牛肉。我可是这世界上唯一一只被放大了好多倍，而且受过完整教育的环状甲虫。我才不愿意死得那么惨，那么难看呢。"

"我觉得这办法妙极了！"稻草人称赞道。

"你觉得用他能煮出什么好汤吗？"铁皮人问稻草人。

"说不定真的能。"稻草人点点头。

环状甲虫立刻发出了恐惧的哀鸣。

"我能想象出这个场景，"环状甲虫伤心地说，"山羊吃的是我的好朋友铁皮人的碎片，煮我的汤是用锯木马和南瓜人杰克的尸体点燃后煮的，而琴洁女王坐在旁边，一边命令用我的朋友稻草人去添火，一边看着我煮沸。天啊，还有什么比眼睁睁地看着自己的朋友被人吃掉更恐怖的事情吗？"

一想到这里，大家觉得汗毛都竖了起来。

"先别想这么多，这事还得过一段时间才能发生呢。"铁皮人努力让自己看起来比较愉快，"只要我们牢牢地守住城门，琴洁就不可能进来，除非她破门而入。"

"可是在这段时间里，我会被饿死的，环状甲虫也是。"蒂普说。

"不用担心我，"环状甲虫说，"如果用南瓜人充饥，我还可以撑一段时间。虽然我并不喜欢吃南瓜，但是南瓜的营养价值很高，而且杰克的脑袋长得又大又圆，吃起来味道一定很好。"

"你这没良心的家伙！"铁皮人惊呼道，"我们到底是自相残杀的家伙，还是互帮互助的朋友？"

"我非常清楚，我们不能被关在王宫里。"稻草人坚决地说，"我们不要再谈这个话题了，还是赶紧想办法逃跑吧。"

于是，大家都急切地坐在稻草人的宝座四周。蒂普坐到凳子上时，口袋里突然掉出了一个胡椒瓶。

"这是什么？"铁皮人捡起瓶子，好奇地问。

"当心！"蒂普喊道，"那是生命之粉，千万别弄撒了，我就剩一点儿了。万一以后要用，就再也没有了。"

"生命之粉，是什么东西？"蒂普小心翼翼地把瓶子放进口袋时，稻草人问。

"这是老莫比从驼背魔法师那弄来的魔法粉，是一种非常神奇的粉末。"蒂普说，"她用它把杰克变成了活的，然后我又用它把锯木马变活了。也就是说，不管你想把什么变成活的，只要把它撒在上面就行了。但是，我现在只剩最后一点儿了。"

"这一定非常珍贵吧？"铁皮人说。

"没错，"稻草人表示同意，"这说不定就是我们脱险的最好机会。我想，我要好好地想几分钟。蒂普，请帮我把头上的王冠拆下来吧，太沉了，我实在是受不了了。"

蒂普很快就割断了将王冠缝在稻草人头上的线，稻草人叹了口气，把王冠挂在宝座旁边的木钉上。

"这是我当国王的唯一象征了，"他说，"能摘掉它，我真的很高兴。在我之前的国王叫帕斯托利亚，那位了不起的魔法师夺走了他的王冠，然后交给了我。现在，琴洁姑娘想要它，我真心地希望她戴上后不会觉得头痛。"

"我的朋友，你真是太善良了，我很佩服。"铁皮人称赞道。

"现在，让我安静地思考一会儿吧。"说完，稻草人向宝座背靠去。

其他人都不作声，一动不动的，生怕会弄出什么动静来，因为所有的人都对稻草人的聪明才智深信不疑。

大家度过了漫长的等待后，稻草人终于有了动静。他坐直了身子，用非常奇怪的表情看着朋友们，说：

"今天我的脑子特别清晰，我感到很骄傲。听着，只要我们从王宫的大门逃出去，就等于是自投罗网。但是我们又不能钻地，所以唯一的办法就是飞走。"

他停顿了一会儿，想看看大家的反应。大家似乎都不知所措，而且压根儿就不相信。

"了不起的魔法师就是乘坐气球逃跑的，"他继续说，"虽然我们不知道做气球的方法，但是只要是能在天空中飞行的东西，都能把我们带走。所以，我想让铁皮人制作一种拥有强大翅膀的机器，因为他是个出色的机械师，然后蒂普就可以用他那奇妙的粉末把那东西变成活的。"

"这主意不错。"铁皮人喊道。

"太聪明了！"杰克不由自主地说。

"的确不错。"环状甲虫彬彬有礼地说。

"我想这不太难，"蒂普说，"但前提是铁皮人能完成自己的任务。你确定可以吗？"

"我一定会尽力而为的。"尼克爽快地说，"只要是我想做的事，就一定会成功。但问题是，我必须在王宫的屋顶上做那东西，这样的话它才能顺利地升上天空。"

"当然啦！"稻草人说。

"那我们就在王宫里仔细地查找一遍吧，"铁皮人说，"把找到的东西全都搬到屋顶上，然后我就可以开始干活啦。"

"但是，首先，"杰克说，"请让我下来吧，并且把我的腿修好，这样我才能走路。不然的话，我只会成为你们的负担，我想你们大家都不愿意这样吧。"

于是，铁皮人用斧子把放在屋子中央的圆桌劈开后，把一条雕工精美的桌腿装到了杰克身上，杰克非常满意，而且很骄傲。

"我从来没有想过，"他看着铁皮人干活的时候说，"我的腿竟然会变成我身上最雅致、最引人注目的部位。"

"这样的话，一看就知道你不同寻常。"稻草人说，"我敢肯定，只有不同寻常的人，才能引起别人的注意。普通人就像随处可见的树叶，只能自生自灭，没有人会多看他一眼。"

"你看起来就像是哲学家！"环状甲虫一边帮铁皮人把杰克扶起来，一边说。

"现在你有什么感觉？"蒂普问。他看着南瓜人迈着笨重的步伐，在试他的新腿。

"好极了，和新的一模一样。"杰克高兴地回答道，"我已经做好准备了，随时能帮助大家逃出去。"

"那我们赶紧干活吧。"稻草人一本正经地说。

于是，他们分头行动，在王宫的各个角落寻找适合建造飞行器的材料。能为逃跑的计划出点力气，大家都很高兴。

第十七章
四不像飞到了空中

冒险家们在屋顶上集合的时候，发现每个人选的东西都不一样，大的小的，圆的方的，各种各样的。似乎谁都不知道自己究竟想要什么，但是不管怎么样，每个人都有点收获，这意味着他们离希望又近了一步。

环状甲虫从大门厅的火炉架上拿了一只四不像的头，头上有叉开着的鹿角。这个四不像的脑袋和麋鹿很像，鼻子活泼地往上翘着，脸上还长着胡须，和公山羊差不多。就连环状甲虫自己也不知道为什么会把这玩意带回来，纯粹只是因为好奇，却不知道这个东西到底有没有用。

在锯木马的帮助下，蒂普把一张带有沙发套的沙发搬到了屋顶上。这是一件老家具，靠背和扶手都非常高。这沙发实在太重了，虽

然大部分重量都压在锯木马的背上，但当他们把沙发搬到屋顶上时，蒂普自己也几乎累瘫了。这个东西有用吗？暂时还没有人知道，反正先搬回来再说。

杰克拿来的是一把扫帚，因为他第一眼看见的就是它。稻草人拿来的是一卷晒衣绳的粗绳子，他上楼梯时被松散的粗绳子缠住了，如果不是蒂普救了他，他很可能和他带来的东西一起滚下去了。

铁皮人是最后回来的。他也去了庭院，他拿来的是四张大大的棕榈叶，他不知道，那棵棕榈树是翡翠城所有臣民的骄傲。总之，每个人都按照自己的意愿，带回了自己觉得有用的东西。

稻草人看到铁皮人的举动后惊呼道，"你知道吗，你犯了翡翠城最严重的罪过。如果我没记错，谁砍了棕榈树叶子，就会面临处死七次的刑罚，然后终身监禁。但愿你不会被任何人发现。"

"现在知道也来不及了，"铁皮人答道，把那些大叶子扔到了屋顶上，"但这可能会成为我们不得不逃走的另一个原因，我可不想傻傻地在这儿等死。还是先来看看，我们找来了些什么东西。"

这些人看着屋顶上的这堆乱七八糟的东西。

最后，稻草人摇着头说："好啦，如果铁皮人能把这堆垃圾变成一个能在空中飞，而且带我们逃走的东西，我就承认他是一个比我想象中更聪明的机械师。"

但是一开始，铁皮人似乎对自己的能力并不自信，用麂皮使劲地擦拭前额后才决定担起这次重任。铁皮人的担心不无道理，把这堆乱七八糟的东西变成一个能飞的东西，确实没那么容易。

"我首先需要的是，"他说，"一个足够大的机身。这张沙发是我们找到的最大的东西，用来当机身再合适不过了。但是有一个很严重的问题，如果这个机器朝旁边倾斜，我们大家就会摔出去，摔得粉身碎骨。"

"那就用两只沙发吧。"蒂普说，"楼下还有一只同样的沙发。"

"这个想法真不错，"铁皮人嚷嚷道，"你赶紧去把另一只沙发搬上来。"

蒂普和锯木马好不容易才把第二只沙发搬到了房顶上，他们把两张沙发并排放在一起，发现靠背和扶手在座位的四周形成了一堵防护墙，这样应该不会掉下去了。

"太棒了！"稻草人喊道，"我们可以舒舒服服地坐在这里上路了。"

他们用粗绳和晒衣绳把两只沙发牢牢地捆在一起，然后，铁皮人把四不像的脑袋绑在一头。

"这样我们就可以看出来哪边是正面，"他对这个想法非常满意，"而且，你们仔细瞧瞧，这四不像很像船头的雕饰。这些巨大的棕榈叶可以用来当我们的翅膀，不然的话我们可能会因为它们而死七次。"

"它们结实吗？"蒂普问。

"它们和我们能找到的所有东西一样，都很结实，"铁皮人回答道，"虽然它们的体积和机身不太匹配，但是现在我们没有更好的选择了，只能将就一下。"

于是，他把棕榈叶绑在沙发上，一边各一片。

环状甲虫赞叹地说：

"好了，这玩意已经完整了，只要能开动就行了。"

"等等！"杰克嚷道，"你们想不想用我的扫帚？"

"干什么？"稻草人问。

"可以把它捆在后面当作尾巴，"杰克回答道，"没有尾巴的东西怎么能算是完整的呢？"

"哦！"铁皮人说，"我觉得尾巴没什么用。我们又不是想模仿野兽、鱼或者鸟，只要它能带着我们飞走就够了。"

"我倒觉得杰克的提议不错，它活过来后没准可以用尾巴来控制方向呢！"稻草人提醒道，"如果它在天上飞，就和一只鸟差不多，我看见所有的鸟都有尾巴，而尾巴就是它们的舵。"

"好极了。"铁皮人回答道，"那我们就用扫帚当尾巴。"说完，他把扫帚捆在了沙发的后面。

蒂普拿出了胡椒瓶。

"这东西这么大，"他担心地说，"我不敢确定，这些粉末能不能把它全

部变活，但是我一定会尽力的。"

"那就在翅膀上多撒一点，"铁皮人说，"翅膀更强壮一些，才能飞得更高，更远。"

"还有脑袋！"环状甲虫补充道。

"别忘了尾巴！"南瓜人喊道。

"请保持安静，"蒂普紧张地说，"不要妨碍我施展魔法。"

他小心翼翼地把那珍贵的粉末撒在那东西上，先在四只翅膀上撒了非常薄的一层，然后撒在沙发上，最后在扫帚上也撒了一点。

"脑袋，千万别忘了脑袋！"环状甲虫急切地喊道。

"但我只剩下最后一点了，"蒂普看了看瓶子，说，"我觉得最重要的是沙发的脚，而不是脑袋。"

"不对！"稻草人说，"任何东西都必须听从脑袋的指挥，而且这玩意是在天上飞，不是在地上走，所以它的脚一点也不重要，千万不要在脚上浪费粉末。"

蒂普听了稻草人的话，把最后的粉末撒在了四不像的头上。

"听好了，"他说，"在我施展魔法时千万别说话，否则就不灵了。"

蒂普听过老莫比说那三个有魔力的词，并且他自己也将锯木马变活了，所以他想也没想，就念出了那三个具有神秘色彩的词，说不同的词时手势也不一样。

仪式显得非常庄重，大家都屏住呼吸，紧张地等待着奇迹的发生。

咒语刚念完，那个庞然大物就抖动着身体，发出了像动物一样的尖叫声。接着，那四只翅膀就用力地挥动起来了。

如果不是抓住了一个烟囱，蒂普早就被扇到地上了。稻草人很轻，被吹到了空中，幸好被蒂普抓住了。环状甲虫平躺在屋顶上，什么事都没有。而铁皮人被牢牢地钉在地上，拼命地抱着南瓜人杰克，这才救了他一命。锯木马就没那么好的运气了，他四脚朝天，拼命地喊着"救命"，样子看起来非常滑稽。

大家都在挣扎着，那家伙却慢慢地飞到了空中。

"你快回来！"蒂普害怕地喊道。他一只手抓着烟囱，另一只手紧紧地搂着稻草人，"听见了吗，我让你立刻回来。"

稻草人的智慧再一次得到了验证，幸好变活的是那东西的脑袋，而不是腿。那只四不像原本已经飞到了很高的空中，听到蒂普的命令后竟然飞了回来。

"回来！"蒂普又喊了一声。

四不像听到命令，慢慢地在空中挥舞着翅膀，最终停在了屋顶上。

第十八章
寨鸦巢内的恐怖经历

四不像用尖细的声音说："这是我生命中最离奇的经历。我记得我在森林里散步时听到了很大的动静，很可能我当时就死了，可是现在我竟然活生生地在这里，还有了四只巨大的翅膀和稀奇古怪的身躯，我真的恨不能钻进地缝里。就连我自己也不知道，我到底是一只四不像，还是人们崇拜的什么东西。"他说话的时候，脸颊上的胡须不停地抖动着，非常滑稽。

"让我来告诉你吧，你只是一个普通的东西，"蒂普回答道，"长着一个四不像的脑袋。我们把你创造了出来，然后把你变活，就是想让你带我们飞上天。"

"好极了。"这东西说，"既然我不是四不像，那就不可能有四不像的性格。所以，我可以和其他东西一样做你们的奴隶。现在，唯一值得庆幸的是，我看起来并不太结实，恐怕活不了太久。"

"千万别说这样的话！"铁皮人难过地说，"你今天感觉还好吗？"

"嗯，"四不像答道，"这是我重新活过来的第一天，所以我也不知道自

己是好还是坏。"说完，它摆动着自己那用扫帚做的尾巴。

"好了，好了，"稻草人热情地说，"别再抱怨了，既然已经这样了，那就只能勇敢地面对了。我们是和气的主人，一定会想办法让你开心一点的。你愿意帮我们去我们想去的地方吗？"

"我很乐意，"四不像回答道，"我非常喜欢在空中飞。万一在地上遇到同类，我恐怕会被它们笑话死。"

"我能理解你的心情。"铁皮人同情地说。

"但是，"这东西接着说，"我观察了你们很久，发现你们并没有比我漂亮多少。"

"外表都是虚假的，"环状甲虫真诚地说，"我被放大了很多倍，而且受过完整的教育。"

"真的吗？"四不像不以为然地小声说。

"我的脑子世间少有，毫不夸张地说，我是这个世界上最聪明的人。"稻草人自豪地说。

"太奇怪了！"四不像说。

"我的身体虽然是铁皮做的，"铁皮人说，"但我有一颗全世界最善良、最真诚的心，不信，你可以问问我的伙伴们。"

"很高兴听到这些。"四不像轻轻地咳嗽了一下。

"还有我，看看我迷人的笑容，"南瓜人杰克接着说，"你最应该记住。因为我的笑容永远不会变，直到我完蛋的那一天。"

"Semper idem①."环状甲虫神气地解释道，四不像转过头来盯着他。

"至于我嘛，"锯木马插话道，"引人注意只是因为迫不得已，和你一样，这么奇怪的外表并不是我想要的。"

"遇见一群特殊的主人，我觉得非常荣幸，"四不像毫不在意地说，"如果我也能如此全面地介绍自己，就心满意足了。"

"过段时间就好了，"稻草人安慰道，"了解自己也不是一件容易的事，我们都花了好几个月。但是现在，"他转过头看着大家，接着说，"我们还是出发吧。"

"去哪里？"蒂普问。他爬上沙发后，把杰克也弄了上去。

"南方的统治者是一位非常可爱的女王，名字叫善良的格琳达。我想，她一定会非常乐意帮助我们的，"稻草人说完，也爬上了沙发，"我们去找她帮忙吧。"

"这个主意听起来不错，"铁皮人说完，用力地把环状甲虫推到了沙发上，然后把锯木马塞到了有坐垫的座位的后端，"我认识善良的格琳达，我敢肯定她一定会帮我们。"

"你们准备好了吗？"蒂普问。

"好了。"铁皮人说着，坐在稻草人旁边。

"那好吧，"蒂普对四不像说，"请你带我们往南飞吧，但是千万不要碰到屋顶和树木，也不要飞得太高，不然的话我会头晕的。"

"好的。"四不像答道。

他挥动着四只巨大的翅膀，慢慢地飞到了空中，等到那群冒险家抓紧靠背或扶手后，才正式向南方飞去。

"瞧瞧，这里的风景多美啊！"环状甲虫兴奋地说。

———————
① 拉丁文，意思是"总是这样"。

"都什么时候了，现在你还有心情看风景啊？"稻草人说，"抓紧点，别掉下去了。"

"天马上就要黑了，"蒂普说，"不知道天黑后四不像还能不能飞。"

"我自己也不确定，"四不像慢悠悠地回答道，"我从来没有过这样的经历。以前，我都是用腿走路的，而现在我的腿就像冬眠了一样，毫无知觉。"

"没错，"蒂普解释道，"我并没有把它们变活。"

"我们只需要你飞，"稻草人说，"而不是要你走路。"

"我们自己长腿了。"环状甲虫说。

"我好像知道你们让我干什么了，"四不像说，"放心吧，我会尽自己最大的努力帮助你们的。"说完，他不再说话了。

过了一会儿，杰克觉得很不安。

"在空中飞会损坏南瓜吗？"他的担忧又来了，不管在什么情境下，他总是能联想到这个问题，实在叫人佩服。

"只要你的脑袋还在，就一定不会有事的。"环状甲虫回答道，"如果脑袋掉下去了，肯定会摔得稀巴烂。所以，你现在最重要的事就是好好保护你自己的脑袋，千万别丢了。"

"我不是告诉过你，不要开这样残忍的玩笑吗？没有人会喜欢这样的玩笑。"蒂普严肃地责怪道。

"我记得，所以我已经忍了很久。"环状甲虫回答道，"但是，对我这个有教养的人来说，怎么可能不把那些非常好的双关语说出来呢？"

"几百年前，稍微受点教育的人都知道那些双关语，根本没什么了不起的。"蒂普说。

"你说的都是真的吗？"环状甲虫问道。

"当然。"蒂普说，"一只受过教育的环状甲虫也许算得上是一件稀罕物，但根据你目前的表现，环状甲虫的语言简直老掉了牙。"

这只骄傲的昆虫似乎有所感悟，在旁边乖乖地闭上了嘴巴。

稻草人在换座位的时候，看见了蒂普扔在坐垫上的胡椒瓶，于是开始认真地研究起来。

"扔了吧，"蒂普说，"全都用完了，没用了。"

"真的没有了吗？"稻草人问，不相信地看了看里面。

"是的，"蒂普说，"我确定。"

"那么，这个瓶子就有两个底，"稻草人说，"因为里面的底和外面的底整整差了一英寸①。"

"给我看看，"铁皮人拿过瓶子。"没错，"他仔细看了看说，"这玩意儿的确有一个假底。但我不明白，那到底有什么用呢？"

"你拆开看看呗。"蒂普兴致勃勃地说。

"好吧，正好下面的底能拧开，"铁皮人说，"但我的手指很僵硬，你试试看能不能把它打开。"

他把胡椒瓶递给蒂普，蒂普很容易就把瓶底拧开了。那里安静地躺着三片银色的药片，药片的下面还有一张折得整整齐齐的纸条。

蒂普小心翼翼地打开纸条，清楚地看到上面写着几行字，是用红墨水写的。

"你念念吧。"稻草人说。

于是，蒂普就开始念了：

尼克迪克医生著名的神奇药片

用法：吞下一粒药片；两个数字一数，数到十七，然后许愿——愿望立刻就会实现。

注意：避免日光直射。

"太好了，这真是个了不起的发现！"稻草人兴奋地喊道。

"没错，"蒂普严肃地说，"这些药片对我们有很大的用处。我不确定，老莫比知不知道这个秘密。我曾经听她说，生命之粉就是从尼克迪克那儿弄来的。"

"他的魔法一定很高强！"铁皮人喊道，"既然那粉末有效，这些药片应

---

① 英美制长度单位。1 英寸约为 2.5 厘米。

该也还有效。"

"但问题是，"稻草人问，"谁能够用两个数字一数，就直接数到十七呢？十七明明就是单数。"

"就是，"蒂普失望地说，"也许这世界上根本就没有人能做到。"

"这样的话，这些药片对我们就没什么用了，"杰克沮丧地说，"我还打算永远保住我的脑袋呢！现在彻底没希望了。"

"瞎说！"稻草人嚷嚷道，"假如我们真的能用这些药片，肯定会许更重要、更高明的愿望。"

"对我来说，这就是最重要的了。"可怜的杰克抗议道，"如果你们的处境和我一样，就能理解我的心情了。"

"说真的，"铁皮人说，"我很同情你。但是，如果我们做不到那件事，那你能得到的只是同情而已。"

这时，天已经完全黑了，冒险家们看见头顶上是乌云密布的天空，月亮的光线穿不透云层。

四不像继续往前飞，但不知道为什么，每过一个小时，这个巨大的沙发就摇晃得越发厉害。

环状甲虫说他头晕，蒂普也变得脸色煞白，一脸苦闷。但其他人抓着沙发背，只要不掉下去，他们并不把摇晃当回事，更感觉不到什么头晕不头晕的。

在漆黑的夜晚，四不像还在不停地飞啊飞。冒险家们已经看不清彼此的脸了，一种令人喘不过气来的沉默降临了。

沉默持续了很长时间，一直在思考问题的蒂普开口说话了。

"怎样才能知道我们是不是已经到善良的格琳达的王宫了？"他问。

"我去过一次，远着呢！"铁皮人说。

"但是，我们怎样才能知道四不像飞行的速度呢？"蒂普继续问，"地上的东西我们全都看不见了。说不定，不到天亮，我们就飞过了。"

"的确如此，"稻草人不安地答道，"但我不知道怎样才能停下来。万一我们正好落在河上或尖塔顶上，那就麻烦了。"

于是，他们让四不像按照一定的速度继续飞，直到天亮。

蒂普的担忧有一定的道理，因为黎明到来前的光亮出现的时候，他们看见一望无际的平原上有一些古怪的村庄——奥兹国的房屋都是圆顶的，这里的屋顶却都是斜的，中间是高高的突起，明显和奥兹国的房子有很大的区别。他们还看见了一些奇怪的野兽。铁皮人和稻草人曾经来过这边，却从来没有见过这个地方。

"事情不妙，我们迷路了！"稻草人伤心地说，"我可以肯定，我们已经飞出了奥兹国，来到了多萝茜说过的恐怖的地方。"

"看来，我们必须赶紧掉头，"铁皮人急切地喊道，"不然的话就糟糕了！"

"掉头！"蒂普对四不像喊道，"立刻掉头！"

"如果我掉头，肯定会翻个底朝天，"四不像说，"因为我本来就不会飞行。最好是在什么地方停下来，然后再掉转方向，重新飞。"

但当时并没有合适的停靠点。他们飞过了一个很大的村庄，接着又飞过了高山区，看见了许多很深的峡谷和悬崖峭壁。

"好了，停下来吧，"蒂普说，因为他看见他们已经快到山顶了。然后，他对四不像说："在你看见的第一块平地上停下来，快点儿。"

"好的。"四不像答道，最终落在了两个悬崖之间的一块平整的岩石上。

可是，四不像没有类似的经验，对自己的速度计算有误，所以他没有落在那块平整的岩石上，而是一半身子滑了出去，右边的两只翅膀被岩石锋利的边缘撞断了，接着滚下了悬崖。

冒险家们拼命地抓住沙发，当四不像被倒挂在一块突出的岩石上时，他们全都被倒了出来。

幸运的是，他们掉到了几英尺①下的一只非常大的鸟巢里。这是寒鸦的巢，所以没有一个人受伤，包括南瓜人在内：杰克的脑袋正好靠在稻草人的胸前，蒂普刚好掉在一堆叶子和纸片上，环状甲虫的圆脑袋撞到的则是锯木马的身子，也没什么大问题。谢天谢地，没事就好！

---

① 英美制长度单位。1英尺约为0.3米。

一开始，铁皮人很惊讶，但是当他发现自己的脸并没有受伤时，瞬间就变得开心起来，因为他非常在乎自己那张英俊帅气的脸。

"我们的旅途结束得有点突然，"他说，"但这并不是四不像的错，因为他已经尽力了。我们怎样才能离开这里呢？只能找比我聪明的人来想办法了。"

说到这里，他用期盼的眼神望着稻草人，稻草人却爬到巢边四处张望。他们的下面是几百英尺深的垂直的峭壁，上面则是光滑的悬崖，只有一块突出的岩石尖，而四不像身上的那只破损的沙发正悬空地挂在岩石尖上。他们似乎陷入了绝境，这群冒险家们都没有了主意，包括最聪明的稻草人在内。

"这里简直比王宫更糟，我们死定了。"环状甲虫丧气地说。

"早知道这样，当初我们还不如就留在王宫里呢。"杰克悲伤地说，"山上的空气会对南瓜有害吗？"

"等寒鸦回来，我们就没命了，"锯木马大声叫嚷道。他四脚朝天，正在拼命地挥动着四条腿，想再次站起来。"顺便说一句，寒鸦非常喜欢吃南瓜。"

"你觉得那些鸟会来这里？"杰克担心地问道。

"当然，"蒂普说，"因为这是它们的巢，而且少说也有几百只。瞧，它们搬来了那么多东西。"

没错，巢里的东西有一半并不是寒鸦需要的，而是一些稀奇古怪的玩意儿，是寒鸦从别人家里偷来的。寒鸦的巢藏在人们无法到达的地方，所以就永远没办法找到丢失的东西。

环状甲虫在垃圾堆里找来找去——因为寒鸦什么东西都偷——他找到了一条精美的钻石项链。铁皮人对这条项链爱不释手，所以环状甲虫发表了一番演讲后，就把它送给了铁皮人。铁皮人把项链戴在脖子上，在太阳的照耀下闪闪发光，他感到非常高兴。

这时，一阵叽叽喳喳的叫声和翅膀的扑棱声传了过来，越来越近。蒂普惊呼道：

"寒鸦回来了！如果被它们发现，我们必死无疑。"

"真的是怕什么来什么！"杰克害怕地呻吟道，"完蛋了，我的小命保不住了。"

"我也一样！"环状甲虫说，"寒鸦是我的天敌。"

其他人一点也不害怕。不管怎么样，稻草人决定拯救那些可能被寒鸦伤害的伙伴。他让蒂普摘下杰克的头，抱着它躺在巢底，然后吩咐环状甲虫躺在蒂普身边。铁皮人有这方面的经验，果断地拆开了稻草人（除了脑袋之外），把稻草铺在蒂普和环状甲虫身上，把他们遮得严严实实的。

刚准备好，寒鸦就回来了。看见自己的巢有人闯入，它们怒吼着，拼命地向他们扑了过去。

第十九章
尼克迪克医生著名的神奇药片

铁皮人平时很温和，但在关键时刻，他立马就变得像罗马斗士一样勇猛。当寒鸦们挥动着翅膀朝他们冲过来的时候，差点就把他撞倒了。它们的嘴巴和爪子尖尖的，可能会损坏他漂亮的外表，铁皮人一把抓起斧头，疯了般在头顶上挥舞。

他赶走了很多寒鸦，但是寒鸦实在是太多了，而且很凶猛，它们一直在顽强地进攻着，实在不好对付。其中几只寒鸦拼命去啄四不像的眼睛，但是那眼睛是玻璃的，再怎么用力，也什么用都没有。其他的寒鸦猛地扑向锯木马，锯木马躺在地上，使劲地踢着，想把围攻者赶走。

这些寒鸦遭到了抵抗，就把矛头对准了那些遮盖蒂普、环状甲虫和杰克的脑袋的稻草。它们衔着草飞走了，把草全都扔进了下面的深渊里。

看见自己的身体被毁坏，稻草人简直惊呆了，大声向铁皮人求救。于是，闪着寒光的斧头在寒鸦群中挥舞得更快了。幸好这时候四不像仅剩的两只翅膀开始挥动了，让寒鸦觉得很恐怖。再加上四不像正好从挂着的岩

石尖上挣脱了，扑通一声掉进了巢里，发出一声巨响，把那些鸟吓得尖叫着从山顶上飞走了。

等到最后一个敌人飞走后，蒂普从沙发底下爬了出来，并把环状甲虫也拉了出来。

"我们没事了！"蒂普激动地喊道。

"真的！"那受过教育的昆虫激动地搂着四不像僵硬的脑袋说，"我们要好好感谢四不像的翅膀和铁皮人的斧头。如果不是他们，我们就没命了。"

"如果没事了，请帮我把脑袋拿出来吧。"杰克喊道，原来，他的脑袋还在沙发底下呢。蒂普想办法把南瓜拖了出来，重新装在了他的脖子上。蒂普还把锯木马扶了起来，并对他说：

"谢谢你的英勇战斗，我的朋友！"

"我们确实安全了。"铁皮人自豪地说。

"并不是这样！"一个空洞的声音响起。

大家都惊讶地转过头去，盯着鸟巢后面的稻草人。

"我彻底完蛋了！"稻草人说，"我身体里的稻草呢？没有稻草，我的身体就会变得空洞洞的，难看死了！"

大家都大吃一惊。他们在巢内到处找，但一根稻草都没看见。寒鸦把它们全都偷走了，都扔到几百英尺深的悬崖下了，一根都没留下。

"太可怜了，我的朋友！"铁皮人亲热地抚摸着稻草人的头说，"你怎么会这么倒霉呢？"

"为了救我的朋友们，"那脑袋说，"我觉得很光荣。"

"你们为什么要灰心呢？"环状甲虫问，"不管怎么样，稻草人的衣服没丢，事情还没有到完全无法弥补的地步。"

"没错，"铁皮人答道，"但如果没有东西填充，他的衣服根本没什么用。看见了吗，这里一根稻草都没有。"

"我有一个建议，这里有这么多钱，为什么不干脆往里面塞钱呢？"蒂普问。

"钱？！"大家惊呼道。

"是啊，"蒂普说，"鸟巢底上有很多很多钱，用它们来塞一个稻草人绰绰有余。就用钱吧！"

铁皮人赶紧用他的斧柄去翻那堆垃圾，它们其实是各种票面的纸币，是那些可恶的寒鸦从附近的村庄和城市里偷来的。在征得稻草人的同意后，大家就开始行动了。

他们把最新、最干净的票子挑选出来后分成几堆，把五元的票子塞进了稻草人的左腿和靴子，把十元的票子塞进了他的右腿，最后把五十元、一百元和一千元的票子塞进了他的身体里，甚至连马夹都撑得扣不上了。从这一刻开始，稻草人真正变成了一个有钱人。

这事做好后，环状甲虫严肃地说："现在，你成了我们中间最值钱的一个。不过我们都是你的朋友，一定不会把你花掉的，放心吧。"

"谢谢你们，"稻草人感激地说，"我觉得自己变成全新的了。虽然我看起来像一个保险柜，但是没关系，只要我的脑子没变就可以了。就是因为它，我才能在任何情况下都成为你们最信赖的人，我觉得非常庆幸。"

"现在就是紧急情况，"蒂普说，"如果你不能帮我们，我们就得永远待在这里了。"

"这些神奇药片真的有用吗？"稻草人掏出了马夹口袋里的瓶子，问道，"能不能帮我们忙呢？让咱们好好瞧瞧。"

"如果我们能两个数字一数，数到十七，就能得救了。"铁皮人答道，"我们的朋友环状甲虫声称自己非常有学问，他应该能想到办法。"

"这根本不是教育问题，"那昆虫反击道，"这是数学问题。我见过那位老师在黑板上算过很多

数字，比如，用加号、减号和等号把 x、y 和 a 连在一起，就可以得到任何想要的数字。但是他从来没说过，两个数字一数，就能数到十七。"

"赶紧闭嘴吧！"杰克喊道，"你啰里啰唆的，我的头都快炸了。"

"我也头疼了，"稻草人接着说，"我觉得你的数学和一瓶什锦泡菜差不多——你越想找什么东西，就越找不到。我敢肯定，这事绝对能做到，不是什么难事。"

"是的，"蒂普说，"老莫比没上过学，所以不会用乘号和减号。"

"为什么不从零点五开始呢？"锯木马突然说，"这样的话，每个人都能两个数字一数，就能轻易数到十七。"

他们惊讶得差点连嘴都合不上了，因为所有的人都认为锯木马是他们之中最笨的一个，而现在，就是这个最笨的家伙想到了一个最妙的办法。所以说，任何时候都不能小看任何人。

"我觉得很羞愧。"说完，稻草人对锯木马鞠了一躬。

"这家伙说得对，"环状甲虫声称，"因为两个零点五相加等于一，然后再两个数字一数，就能数到十七了。"

"我真的太笨了，为什么我没想到这个方法呢？"杰克说。

"我觉得很正常。"稻草人回答道，"现在，我们还是来许愿吧。谁想来吞第一粒药片呢？"

"你来吧。"蒂普提议道。

"不行。"稻草人说。

"为什么？你不是有嘴吗？"蒂普问。

"我是有嘴，但你们不是知道吗，我的嘴是用笔画的，而且我没有咽喉，根本咽不下任何东西。"稻草人答道。

"其实，"他挨个观察，继续往下说，"我觉得，我们当中只有蒂普和环状甲虫能吞咽东西，还是从他们俩中间挑一个吧。"

蒂普也意识到了这个问题，于是说：

"那就让我来许第一个愿望吧。药片给我！"

稻草人想把药片给蒂普，但他笨手笨脚的，拿不了那么小的药片，只好把瓶子递给蒂普。蒂普吞了一粒药片。

"好好数数!"稻草人说。

"零点五、一、三、五、七、九……十五、十七!"蒂普慢慢地数着。

"开始说愿望吧!"铁皮人催促道。

可就在这时,蒂普突然觉得非常痛苦、非常害怕。

"那药片有毒!"他喘着气说,"救命啊,救命啊!"他捂着肚子打滚,看起来非常痛苦。

"我们能做些什么?求你了,快说吧!"铁皮人恳求道,脸上落下了一行同情的泪水。

"我也不知道。"蒂普答道,"哎哟!真希望我没有吞下那粒药片。"

没想到的是,疼痛说停就停了,蒂普站了起来,像个没事儿人一样。稻草人瞪大眼睛盯着胡椒瓶底。

"怎么啦?"蒂普羞愧地说。

"奇怪,你吞下了一粒药片,为什么瓶子里还有三粒呢?"稻草人说。

"这很正常啊!"环状甲虫说,"蒂普希望自己没有吞下药片,愿望就实现了,他确实没有吞下药片。所以,瓶子里的药片就应该是三粒。"

"有可能,但是那药片把我弄得快疼死了。"蒂普说。

"怎么可能?"环状甲虫说,"要是你没有吞下药片,就根本不会觉得肚子疼。而且你的愿望实现了,说明你没有吞药片,自然不会觉得疼痛。"

"那要不是疼痛,难道是另一种很像疼痛的感觉吗?"蒂普生气地反击道,"你再试试第二粒药片吧。这一次,我们一定要非常小心,因为我们已经浪费了一个愿望。"

"我们没有浪费啊,"稻草人说,"瓶子里有三粒药片,还可以许三个

愿望。"

"你真让我头疼啊！"蒂普说，"我根本不知道发生什么事了。但是我发誓，我再也不想吃了，求求你们不要再逼我了。"说完，他就气愤地退到了鸟巢后面。

"好吧，"环状甲虫说，"只有我能拯救你们了——因为只有我愿意许愿了。药呢？"

他很快吞了下去，当他数到十七时，大家都觉得他很勇敢。到底是怎么回事，难道环状甲虫的胃比蒂普的胃强壮？他压根儿就没有觉得疼。

"我希望四不像立刻被修好，就像新的一样！"环状甲虫缓慢而严肃地说。

神奇的一幕发生了：话音刚落，四不像就变得完好无损，又能在空中飞行了——和他在王宫的屋顶上被变活时一模一样。

第二十章
善良的格琳达登场

"好啊!"稻草人高兴地喊道,"我们马上就可以离开这可怕的寒鸦巢了。"

"天快黑了,"铁皮人说,"我们还是等天亮了再飞吧,不然我们的麻烦会更多。我从来不知道晚上会发生什么事,所以不喜欢在晚上飞。"

在等待天亮的时间里,冒险家们把寒鸦巢内翻得乱七八糟的,到处寻找珠宝来消磨时光。

环状甲虫找到了两只精美的金镯子,戴在他纤细的手臂上刚刚好。

稻草人喜欢戒指,巢内到处都是戒指。不一会儿,稻草人的每个手指都戴了一只戒指,把手套撑得鼓鼓的,而且他还在每只拇指上加了一只。这些戒指是他用心挑选的,上面都镶嵌着闪闪发光的宝石,有红宝石、紫晶和蓝宝石。他的双手看起来金光闪闪的。

"琴洁女王倒是比较适合这里,"他沉思着说,"因为我听说,她和她的部下打败我,完全是为了城里的翡翠,所以她们一定会非常喜欢这里的。"

铁皮人非常喜欢他的钻石项链，所以不把其他饰品放在眼里。蒂普找到的是一块精美的金表，装在一个沉重的表袋里。他除了在杰克的马甲上别了几只点缀着珠宝的饰针之外，还在锯木马的脖子上挂了一只长柄眼镜。

"非常漂亮，"锯木马赞赏道，"但它有什么用呢？"

然而，谁也不知道。锯木马把这当作少见的装饰品，非常喜欢它。

冒险家们不会忽视任何一个同伴，他们给四不像挂上了几只印章，但那家伙似乎一点感激之情都没有。

夜幕降临，蒂普和环状甲虫去睡觉了。其他人则坐下来，耐心地等着

天亮。

好不容易天亮了，他们终于可以乘坐四不像了——天刚亮，一大群寒鸦就气势汹汹地回来争夺地盘了。

可是，不等它们开始攻击，冒险家们就爬到了柔软的沙发上，蒂普让四不像立刻起飞。

四不像扇动着翅膀，几分钟后就把寒鸦巢抛得远远的，寒鸦也就不再追了。

四不像沿着正北方向飞去。这是稻草人的意见，所有的人都觉得稻草人对方向判断得非常准。飞过几个城市和乡村后，四不像带他们飞在一片宽阔的平原上空。这里的房子越来越少，然后就彻底没有了。下面就是隔在外部世界和奥兹国之间的大沙漠，还没到中午，圆顶的住房就出现了，说明他们又回到了祖国的怀抱。

"瞧那蓝色的房子和篱笆，"铁皮人说，"这里是蒙奇金国，和善良的格琳达还离得非常远。"

"我们应该怎么办？"蒂普转过身子问稻草人。

"我也不知道，"稻草人坦率地说，"如果在翡翠城，那我们一直朝南，就能到达我们的目的地了。但现在，我们不敢去翡翠城，四不像可能正带着我们往错误的方向飞。"

"我觉得，环状甲虫应该再吃一粒药片，"蒂普说，"但愿我们的方向是正确的。"

"好吧，"那只巨大的昆虫说，"我同意。"

可是，稻草人摸了摸口袋，想找那个装着两片神奇药片的胡椒瓶，却什么都没摸到。他们急坏了，到处找，却始终没有找到。

四不像还在继续飞，不知道要带他们去哪里。

"胡椒瓶肯定掉在寒鸦巢里了。"稻草人着急地说。

"糟糕！"铁皮人说，"好在我们的处境并没有比发现神奇药片之前更差。"

"还是有好处的，"蒂普回答道，"因为那片药帮我们离开了那可怕的寒鸦巢。如果没有它，我们现在可能已经死了。"

"可是其他两片丢了，都是我的错，你们骂我一顿吧。"稻草人懊恼地说，"在我们这群不同寻常的人中间，随时都会有意外发生，说不定现在危险正在向我们靠近呢。"

没有人提出反对意见，然后是一阵令人压抑的沉默。

四不像不停地飞啊飞。

突然，蒂普惊叫道："我们可能已经到南方了，因为下面全都是红色的。"

大家马上都靠着沙发，四处张望——除了杰克之外，因为他担心脑袋掉下去，不敢轻举妄动。没错，红色的房子、篱笆和树木，这一切都说明他们已经来到善良的格琳达的所在地了。他们还在继续飞行，铁皮人认出了他们经过的道路和房屋，为了顺利地到达格琳达的王宫，他让四不像调整了一下方向。

"太好了！"稻草人兴奋地喊道，"我们已经不需要丢掉的神奇药片了，因为我们已经到目的地了。"

四不像缓慢地下降，最后落在了格琳达的花园里的绿色草坪上，就在喷泉附近。奇怪的是，那喷泉喷的不是水，而是闪闪发光的宝石。

格琳达的花园里金光闪闪的。就在我们这几位冒险家羡慕地看着四周的时候，一队士兵突然冲出来把他们团团围住了。虽然士兵都是女的，但看起来和琴洁手下的叛军简直是天壤之别：格琳达的士兵穿着整洁的制服，拿着剑和矛，一副训练有素的样子。

这是格琳达的私人保镖，她们的上尉指挥官很快就认出了稻草人和铁皮人，恭敬地向他们敬礼，以示欢迎。

"你好。"稻草人摘下帽子，礼貌地说。铁皮人则一本正经地行了一个礼，说："我们是来求见你们的女王的。"

"格琳达正在等你们，"上尉说，"因为在你们到来之前，她就已经看见你们了。"

"太奇怪了！"蒂普说。

"没什么好奇怪的，"稻草人答道，"善良的格琳达魔法高超，奥兹国发生的事情她全都知道。我想，她也知道我们来的原因。"

"那我们到底是来干什么的？"杰克傻傻地问。

"来说明你是个南瓜人啊！"稻草人反击道，"女王在等我们，我们还是赶紧去吧，别让她久等。"

他们都站起来，跟着上尉去王宫，锯木马也在其中。

格琳达坐在精美的金宝座上，当那些奇形怪状的客人走进来时，她差点笑出声来。她认识稻草人和铁皮人，并且很喜欢他们。但她从来没见过那愚蠢的南瓜人和巨大的环状甲虫——他们似乎才是最可笑的。锯木马呢，看上去只是一匹会动的木马而已，但他鞠躬时显得很拘谨，不小心把头撞到地板上了，发出了一声巨响，引得格琳达和士兵们哈哈大笑。

"尊敬的殿下，"稻草人严肃地说，"一群可恶的姑娘占领了我的翡翠城，不仅夺走了我的王位，更可恶的是，她们强迫男人们当牛做马，还抢走了所有的翡翠珠宝。"

"不用多说了，我早就知道了。"格琳达说。

"她们还威胁我，要给我的朋友们颜色瞧瞧，包括您在内。"稻草人接着说，"如果我们没有逃出来，早就没命了。"

"这件事我也知道。"格琳达说。

"所以我才来请您帮忙，"稻草人继续说，"我知道您是一个热心的人，一直喜欢帮助别人。"

"没错，"格琳达慢慢地说，"但现在，琴洁将军已经成了翡翠城的女王，我怎么能去反对她呢？"

"可是，她的王位明明是我的。"稻草人急切地说。

"你的王位是怎么得来的？"格琳达问。

"是奥兹魔法师传给我的，所有的臣民都同意了。"稻草人答道，觉得很不自在。

"那么，魔法师的王位又是从哪里来的呢？"她继续严肃地问。

"据说，他是从以前的国王帕斯托利亚手中得到的。"说话的时候，女巫目不转睛地盯着稻草人，让他觉得有些慌乱。

"也就是说，"格琳达宣称，"翡翠城的王位既不是你的，也不是琴洁的，而是帕斯托利亚的。"

"没错，"稻草人说，"但是现在帕斯托利亚已经去世了，王位总不能空缺吧？"

"帕斯托利亚有个女儿，她继承王位才是天经地义的。你听说过这件事吗？"格琳达问。

"没有。"稻草人答道，"但是如果那女孩还活着，我肯定支持她。我没有别的要求，只要能赶走琴洁，我就心满意足了，就等于我自己登上了王位。说真的，当国王并没有什么乐趣，一点儿也不好玩，对一个有着过人智慧的人来说更是如此。我早就知道自己可以担任更重要的职位。但现在的问题是，这个合法的继承人到底在哪里，她叫什么？"

"她叫奥兹玛，"格琳达回答道，"但是我从来没有见过她。因为奥兹魔法师夺走奥兹玛父亲的王位时，把这个姑娘藏起来了。而且，他还用魔法阻止人们发现她，就连我这样经验丰富的女巫都没办法。这么多年过去了，

我想了各种办法，却始终没有找到她。"

"这太奇怪了，"环状甲虫撇着嘴说，"听人说，奥兹魔法师就是个大骗子。"

"瞎说！"稻草人生气地嚷嚷道，"如果他真的是骗子，怎么可能给我如此聪明的脑子呢？"

"我的心从来不会骗人。"铁皮人一边说，一边生气地瞪着环状甲虫。

"可能我听错了。"那昆虫一边缩到后面，一边结结巴巴地说，"因为我从来没见过这位魔法师。"

"但是我们见过，"稻草人反击道，"告诉你，他是个非常了不起的魔法师。他的确有一些欺骗行为，但如果他不是一个伟大的魔法师，怎么可能把奥兹玛姑娘藏得这么严实呢？"

"好吧，我认输！"环状甲虫轻轻地说。

"知道吗，从见到你的那一刻开始，这是你说过的最明智的话。"铁皮人说。

"我确实应该继续找这个姑娘。"格琳达沉思了一会儿，接着说，"我的书房里有一本书，上面记载了这位魔法师待在奥兹国的所有举动。今天晚上，我要好好地看看这本书，希望能找到奥兹玛的下落。这样吧，你们在我的王宫里玩一会儿，有事就吩咐我的仆人，把这里当成你们自己的家就好了。我们明天再见。"

然后，格琳达让冒险家们出去了。他们在美丽的花园里逛了好几个小时，玩得非常高兴。

第二天上午，格琳达接见了他们，对他们说：

"我已经仔细查看了那位魔法师的行动记录，发现了三个疑点：他吃土豆用的是刀；他偷偷地看望过老莫比三次；他的左脚不灵便。"

"啊，最后一点非常值得怀疑。"杰克喊道。

"那也未必，"稻草人说，"说不定他长了鸡眼。我觉得他用刀吃土豆更值得怀疑。"

"也许这没什么可奇怪的，只能说明这是奥马哈的一种文雅习俗，因为那位魔法师就来自那个伟大的地方。"铁皮人猜想。

"有这种可能。"稻草人说。

"但我不明白，"格琳达问，"他为什么会秘密访问老莫比三次呢？"

"没错！"环状甲虫附和道。

"我们知道那个老巫婆的很多魔法都是这位魔法师教的，"格琳达继续说，"但是她肯定也帮过那个魔法师，否则那个魔法师绝不会这样做。所以我们可以推断，老莫比帮他把奥兹玛姑娘藏了起来，因为她是他继承王位最大的障碍。如果人们知道她还活着，就绝对会让她当女王，哪里还有他的份儿呢？"

"有道理，"稻草人说，"老莫比这样的人会干这么肮脏的事，一点都不奇怪。可是，就算我们知道，又能怎样呢？"

"我们得赶紧找到莫比，"格琳达回答道，"并逼问女孩的下落。"

"现在莫比在琴洁女王那儿。"蒂普说，"她在路上设了很多障碍，还威胁琴洁要毁掉我的朋友。那个老巫婆恨死我了，正在等着我自投罗网呢。"

"这样的话，"格琳达最后决定，"我要带兵去翡翠城，把莫比抓起来，说不定能打听出奥兹玛的下落。"

"那个恐怖的老太婆！"一想到莫比的黑锅，蒂普就吓得浑身直哆嗦，他说，"还是个可恶的老顽固。"

"我也很顽固，"格琳达微笑着说，"所以我一点也不怕莫比。今天我们先准备好，天亮后就去翡翠城。"

第二十一章

意外的成功

　　天快亮的时候，有一支气势磅礴的军队在城门口集合，这是格琳达的部队。女兵们穿着非常美丽的制服，手中拿着镀银的长矛，那长长的矛柄上还镶嵌着几颗珍珠。长矛擦得很亮，闪闪发光。在队伍中，所有的军官都佩戴着闪着光的利剑和边上插着孔雀毛的盾牌。就这样看上去，这支卓越的军队是无法被敌人打败的，琴洁的部队根本不是她们的对手。

　　格琳达乘着一顶车身像一辆马车的漂亮轿子，轿子上有一扇门窗，上面挂着绸帘子；马车的下面有 4 个轮子，而轿子下面却是两根长长的横杆。这个轿子由十二个仆人抬着。

　　稻草人和他的朋友们为了能赶上军队的速度就商量了一下，决定一起乘坐四不像。于是，格琳达和士兵们刚刚踏着皇家乐队演奏的鼓舞人心的旋律出发后，稻草人一行也坐着四不像出发了。四不像就在格琳达乘坐的轿子的正上方缓缓地飞着。

　　稻草人正把自己的身子探下去观看下面的军队时，铁皮人对他说："小

心点儿，别摔下去了！"

有学问的环状甲虫说："没关系，只要他身上塞足了钞票，怎么都摔不坏。"

"我不是跟你说了不要……"蒂普开始用谴责的口吻说着。

"对不起，你说过了！"环状甲虫赶紧道歉，"请原谅，我确实应该控制自己。"

"你要是还想跟我们一起旅行，就最好注意点！"蒂普大声地警告道。

"啊！不要啊，我现在才不愿意离开你们。"环状甲虫激动地说，所以蒂普也没有再说下去了。

军队不停地前进着，但还是没有在天黑前来到翡翠城的墙边。新月的微光默默地包围了城市，格琳达的军队在绿色的草地上搭建起了她们猩红色的帐篷。女巫的帐篷是用白色的绸缎做成的，比别人的都大，让人一眼就能分辨出来。人们也为稻草人和他的朋友们搭建了一个帐篷。这些帐篷的上方飘扬着猩红色的旗帜。当士兵们准确而迅速地做完这些准备工作后，就去休息了。

第二天早晨，士兵赶紧跑去告诉琴洁女王，她们已经被大军包围了。听到这个消息时，女王感到十分不可思议。她马上爬到王宫的一个高塔上，映入眼帘的是四处飘扬着的旗帜，格琳达的白色大帐篷就在城门的前面。

"我们这次肯定完了！我们的编织针在敌人的长矛和利剑面前又有什么用呢？"琴洁女王绝望地说。

"我们还有别的办法，"一个姑娘说，"只要我们立即投降，他们应该不会伤害我们。"

琴洁勇敢地拒绝了："不能这样做，敌人现在还没杀过来，我们有机会和他们谈判去拖延时间。你现在就举着白旗去找格琳达，问问她为什么要入侵我的领土，她要怎么样才能放过我们。"

于是这个姑娘带着领土和平的使命，到达了格琳达的帐篷里。

格琳达对姑娘说："告诉你们的女王，我只有一个要求，就是把老莫比交给我，做我的俘虏。如果答应了我这件事，我就不会再找你们的麻烦。"

琴洁听到了这个消息后，无限的沮丧涌上心头——她既害怕这个老妖怪，又不得不依赖她。她犹豫了很长时间，最终还是决定派人去把莫比叫来，把格琳达的要求告诉了她。

老巫婆看了一眼她口袋里的魔镜，邪恶地说："看来我们马上就会遇到一些麻烦了。我想到了一个可以欺骗女巫的办法，这个办法能让我们摆脱她，她肯定还会觉得自己很聪明。"

"我把你交给她，是不是就没什么事了？"琴洁不安地问道。

莫比威胁琴洁说："你如果真的这么做了，立马就会丢掉你的女王宝座。但是如果你让我去解决这件事，不费吹灰之力，我们两个人肯定都会得救。"

琴洁想，当女王多么神圣啊，她再也不愿意在家里为母亲铺床和洗碗碟了，于是说："就按照你刚才说的去做吧。"

莫比叫来了吉莉娅·詹姆，对她熟练地使用了一种可以改变外形的巫术。吉莉娅·詹姆就突然变成了莫比的样子，莫比也变成了那个姑娘的模样，看起来一点儿破绽都没有。

"好了，现在你让你的士兵过来把她

交给格琳达。她肯定会觉得自己抓住了真正的莫比，然后带着部队回到自己的地盘，这样我们就安全了。"

吉莉娅·詹姆被女王的士兵带到了格琳达的营地，她学着莫比的样子一瘸一拐地慢慢走路。

假莫比被带到了格琳达面前，送她来的士兵对格琳达说："我们的女王满足了你的要求，你要的人在这里，请你别忘了答应过我们的事。"

格琳达非常愉悦地说："如果这真的是我要的人，我自然会遵守承诺，你们不用担心。"

士兵还不知道这个莫比是假的，所以很诚恳地说道："这就是莫比。"说完便回去了。

格琳达迫不及待地想知道奥兹玛失踪的事，于是叫稻草人和他的朋友们赶紧去她的帐篷里，一起追问这个老巫婆，却一无所得。不管怎么审问，吉莉娅·詹姆什么都不肯说，她觉得上下不安。由于过度紧张，吉莉娅·詹姆突然哭了起来。格琳达感到莫名其妙，也有些不敢相信。

格琳达好像看出来了什么，生气地说："这个老巫婆肯定是施了一些特别愚蠢的巫术。我告诉你们，这个人是个假莫比，是老巫婆把这个女孩变成了她的样子，只是为了迷惑我们而已。"然后转过头对假莫比说："告诉我，你叫什么名字？"

　　吉莉娅·詹姆非常害怕，但她不敢告诉格琳达，因为莫比在她走之前威胁她，要是把这件事告诉他们，她的小命就保不住了。格琳达是奥兹国最懂魔法的人，所以老巫婆对那个女孩施的魔法对她来说简直就是小儿科。格琳达用手轻轻一挥，念了几道咒语，那个女孩就变成了原来的模样。因为魔法失效，在翡翠城的莫比也恢复了她的本来面目。

　　"原来是吉莉娅·詹姆！"稻草人惊喜地喊道，这姑娘是他的老朋友。

　　"她是我们的翻译！"杰克高兴地说。

　　吉莉娅·詹姆不得不一五一十地说出了莫比的把戏，并请求格琳达保护自己。格琳达一口答应了，命人告诉琴洁，她的诡计已经暴露，如果她不把真正的莫比交出来，就让她吃不了兜着走。这一切都在琴洁的预料之中，老巫婆突然恢复原形后，立刻就知道格琳达识破了自己的骗局。但那可恶的老巫婆又有了一个诡计，要琴洁听从指挥。因此，琴洁对格琳达的信使说：

　　"请转告你的主人，我不知道莫比在哪儿，请格琳达自己进城来找她。如果格琳达愿意，可以把她的朋友们也带来。但是如果他们在天黑以前还找不到莫比，就必须撤兵，从此互不干扰。"

　　格琳达答应了这些要求，她知道莫比藏在什么地方。于是，琴洁下令打开城门，格琳达带着一队士兵走了进去，后面跟着稻草人、铁皮人、骑着锯木马的南瓜人杰克，以及那只被放大了很多倍的环状甲虫——他骄傲自得地走在后面。蒂普一直跟在格琳达身边，因为她非常喜欢他。

　　老莫比自然不愿意被格琳达找到，所以当格琳达一行在大街上行进时，她变成了一朵美丽的红玫瑰，就藏在宫内花园里的一棵灌木上。最危险的地方往往是最安全的，格琳达没有意识到这一点，找了几个小时，却始终

没见到老莫比的身影。

　　太阳就快落山了，格琳达知道老莫比诡计多端，所以命令手下立即撤退，回到自己的帐篷里。

　　稻草人和朋友们在宫中的花园里四处搜寻老莫比的身影，最后却不得不听从格琳达的命令离开。在走出花园前，喜欢鲜花的铁皮人摘下了长在灌木上的那朵大大的玫瑰花，牢牢地别在自己的铁皮纽扣上。

　　摘花的时候，他似乎听到了从玫瑰花中传来的一声痛苦的呻吟，但他没有当回事。就这样，莫比被带到了城外，来到了格琳达的营地，但谁也没想到，他们的搜捕行动已经成功了。

第二十二章

老莫比的巫术

老莫比意识到自己可能已经被敌人盯上了，一开始很害怕，但是慢慢地她发现自己藏在铁皮人的纽扣眼里就跟生长在灌木里一样，非常安全。不会有人去怀疑这束美丽的玫瑰花就是莫比本人，而且她现在就在城门外，这意味着摆脱格琳达的抓捕就更加容易了。

"不要着急逃走，"莫比盘算着，"我必须看到自以为是的格琳达发现被我骗得团团转时羞愧的表情。我想，那一定非常有趣。"

就这样，狡猾的莫比居然在铁皮人的纽扣上安全地插了一晚上。第二天一大清早，格琳达便让所有人去帐篷里集合，讨论接下来应该怎么办，铁皮人也拿着他采摘的花走进了帐篷。

格琳达皱着眉头说："如果我们找不到可恶的老巫婆，也许我们这次行动就会失败，我觉得很愧疚。倘若没有我们的支持，奥兹玛公主可能永远不能拿回属于她的东西，也永远无法成为翡翠城真正的女王。"

"我们不应该这么早就认输吧？"杰克说，"再好好想想，一定还有其他的办法。"

"我们是要做些事情，"格琳达笑着回应道，"只是我现在还十分疑惑，狡猾的老莫比精通的魔法和我比差远了，她到底是怎样从我的眼皮子底下逃走的呢？"

"既然现在我们还在翡翠城外，我们首先要做的就是帮奥兹玛公主把翡翠城夺回来，然后再把她找回来。"稻草人说，"在这之前，我愿意帮她暂时治理这个国家，我觉得自己一定比琴洁厉害。"

"但是我已经向琴洁承诺过，和她互不干扰。"格琳达否认了这个想法。

"我觉得现在你们最好的选择就是去我的领地，"铁皮人十分豪爽地向在场的所有人挥了挥手，"我十分乐意你们去我的帝国生活，我的城堡很大，你们生活在那里完全没问题。如果你们也想在身上镀上一层镍，我一定会满足你们。"

铁皮人话音刚落，格琳达就注意到他纽扣上的玫瑰花，并且发现这鲜艳的玫瑰花轻轻地抖动了一下，顿时起了疑心。她又仔细地观察了一会儿，确定这朵假玫瑰花就是那个可恶而狡猾的老莫比。与此同时，狡猾的莫比也发现自己已经被格琳达盯上了，因此急切地想逃走。莫比十分擅长变形方面的魔法，她变成了一个影子，准备顺着帐篷的墙壁偷偷地溜出去。

然而让老莫比万万没有想到的是，格琳达比她更加老练。她能想到的，格琳达早就想到了。格琳达早早地便来到帐篷出口处，一挥手，把门都堵死了，老莫比根本找不到任何出口。大家目睹了这一幕，觉得很奇怪，因为在场的所有人，除了格琳达之外，没有一个人发现那个影子。这时，格琳达激动地对他们喊道：

"所有人都不要动！那个老莫比就藏在我们的帐篷里，我要抓住她。"

受到惊吓的莫比立马变成了一只黑色的小蚂蚁，小心翼翼地在地上寻

找可以藏身的裂缝。

因为这个帐篷就在城门口，地面很光滑，所以这只蹩脚的蚂蚁走得很慢很慢。格琳达其实早已发现了它的行踪，当她要用手紧紧地盖住它时，那个早就被吓得半死的老莫比再一次变成了一头巨大的飞狮，在帐篷里挣扎了一下便把整个帐篷给撕裂了——她像一股强劲的龙卷风迅速逃跑了。

格琳达十分敏捷地坐上了锯木马，追了上去，大声叫道：

"伙计，是时候证明你存在的意义了！驾——驾——驾！"

锯木马瞬间打开了全身的关节，闪电一般追赶着前方的飞狮。飞狮和锯木马早已不在大家的视野中了，他们却仍然没有从刚才的惊吓中反应过来。

"走！我们也上去帮忙！"稻草人说道。

他们纷纷跳到了四不像的沙发上。

"飞吧。"蒂普说。

"但是，我们要去哪里呢？"四不像淡定地问道。

"其实我也不太清楚，"蒂普说，"你只要飞到空中，就一定能找到她们的。"

"收到。"四不像安静地回答道。很快，四不像用他巨大的翅膀将他们带到了空中。

　　他们突然发现牧场附近的地面有两个小黑点在不断地角逐。他们知道，这两个黑点就是格琳达和莫比。即使四不像已经飞得够快了，但还是比飞狮和锯木马慢了很多，所以她们的踪影又在视野中消失了。

　　莫比暗自庆幸自己变成一头飞狮，不仅跑得非常快，而且与所有动物相比，坚持的时间也是最长的。然而她并没有想到，追逐她的是一匹木马，根本没有疲倦的感觉，可以用最快的速度连续跑好几天。经过一个小时的追逐后，飞狮的体力已经差不多耗尽了，跑得越来越慢。她们已经来到了边境的沙漠，飞狮踏着深深的沙子吃力地跑，很快就受不了了。飞狮心跳加速，呼吸困难，最终瘫在了沙漠上，一动不动。

　　锯木马带着格琳达赶到了那里，格琳达迅速从口袋里取出一条很长的丝线，紧紧地捆住了那头绝望的飞狮。

　　这时莫比现身了，她恶毒地盯着格琳达平静而美丽的脸蛋。

第二十三章
奥兹国的奥兹玛公主

　　"你落到了我手里，就老老实实地认命吧。"格琳达说话的语调十分温柔，"你乖乖地躺下来休息一会儿，然后跟我回帐篷。"

　　莫比几乎喘不过气来，话都说不清楚了："你找我究竟想做什么？我哪里对不住你了，你要这样对我？"

　　"你的确没有做任何对不起我的事情，不过我怀疑你对别人做了许多坏事，如果被我发现你滥用魔法害人，我就要好好教训你。"格琳达回答道。

　　莫比此时已经声嘶力竭，哑着嗓子喊道："别说大话了，我是不会怕你的！你根本就不敢碰我！"

就在此时，四不像飞到她们身边，停在了格琳达旁边的沙地上。伙伴们发现老莫比被抓住了，一个个都高兴极了。经过大家仓促的商议后，他们决定共同乘坐四不像回到营地。锯木马首先被放到四不像的沙发上；格琳达看着俘虏莫比，扯着套在莫比脖子上的金线，迫使她乖乖地爬到沙发上去；其他人也跟着爬了上去，由蒂普命令四不像沿着来时的方向往回飞。

一路上风平浪静，莫比的表情冷酷而阴沉。不管这个老巫婆有多大的能耐，此时此刻她根本无计可施。伴随着士兵们的高声欢呼，格琳达胜利归来，他们再次聚集在帐篷里。而这顶帐篷，在他们出击时已经修整一新了。

格琳达对莫比说："现在，我要你马上告诉我们，奥兹魔法师为什么偷偷地去看了你三次？奥兹玛那孩子究竟遭遇了什么，她为什么会莫名其妙地消失了？你到底把她藏在了什么地方？"

莫比只是挑衅地望着格琳达，一言不发。

格琳达有些沉不住气了，喝道："回答我！"

莫比依旧默不作声。

杰克说："她可能并不知道。"

蒂普对杰克说："请你不要作声，你的愚蠢会把什么事都弄糟的！"

杰克顺从地答道："好吧，我的好爸爸！为了事情能顺利地进行下去，我绝对不会再说一个字。"

放大许多倍了的昆虫低声嘟哝道："我真高兴自己只是一只环状甲虫，至少从我的嘴里不会说出像南瓜人一样愚蠢的话来。"

这时，稻草人说："我们怎样才能让莫比开口呢？如果她打死也不肯说出我们想知道的事情，抓住她有什么用呢？"

铁皮人则建议道："想必人都是吃软不吃硬的，包括丑恶之人在内。不如我们对她来软的，没准她就认罪了。"

莫比听了铁皮人的这番话，转过身恶狠狠地盯着他，把铁皮人吓得退了好几步。

格琳达则在一旁思考着该怎样处理这件事。她突然转向莫比，说："你这样跟我们作对是没有任何好处的，既然我已经下定决心要弄清楚奥兹玛姑娘的事情，我就一定会想方设法达到自己的目的。如果你不肯告诉我们实情，那我就只能杀死你了。"

铁皮人听到这番言论后急坏了，着急地说："千万别这样干，杀人太可怕了，不管是杀谁，哪怕是像老莫比这种恶毒的人，也太残忍了。"

格琳达答道："我只是威胁她罢了，没有一个人不怕死。我相信莫比最后肯定愿意说出真相，不会自讨苦吃的。"

"那我就放心了，我就知道善良的格琳达不会做这种事。"铁皮人欣慰地说。

莫比问道："要是我告诉你们想知道的一切，你们打算怎么处置我？"她的突然发问令所有人大吃一惊。

格琳达回答道："我会让你喝一服药，这药厉害得很，会让你忘掉你所学过的所有魔法。这样才是最保险的，因为我无法保证你以后还会不会再做坏事。"

"可那时我就会成为一个无依无靠的普通老太婆。"

"的确如此，但不管怎么说，你保住了自己的性命。人只有活着，才是最重要的事情。"杰克安慰道。

杰克的话却让蒂普感到不安，于是蒂普让杰克住嘴："请你尽量别说话！"

"好吧，不过你不得不承认，活着，的确是一件非常不错的事情。"杰克说。

环状甲虫表示赞许，补充道："尤其是受过完整教育的人，活着非常好。"

格琳达对老莫比说："你可以有自己的选择，继续保持沉默，那么等待你的就是死亡。若是告诉我实情，就算你会失去魔法，但至少能保命。我想，任何人都希望自己能好好活着。你再好好想想，我等你的答复。"

莫比有些不安，感觉到格琳达是认真的。如果她态度强硬，没准真的会死在格琳达手里，只好有些不情愿地说："好吧，只要你说话算话，我把所有的事情都告诉你。"

老莫比的回答让格琳达很满意。她高兴地说："你的选择很对，我就知道你会这么选！"然后她对上厨比了一个手势，上厨会意，马上拿给她一只漂亮的金色盒子。格琳达从盒子里取出一根细链子，链子上有一颗巨大的白珍珠，光彩夺目。她把链子戴在脖子上，那颗珍珠正好在她的心口上。

项链戴好后，格琳达问老莫比："现在我要问你第一个问题，魔法师为什么去看你三次？"

"因为我不肯去看望他，他只好过来看我。"莫比答道。

这个回答把格琳达惹火了，她的语气突然变得严厉起来："这算什么回答？你最好老实一点。"

莫比垂下了眼帘，扭捏着说："好吧，我说实话，他是来向我学习做茶点的手艺的。"

格琳达不耐烦地命令道："我再给你一次机会，把头抬起来，看着我！"

莫比按格琳达的意思抬起了头。

格琳达继续问道："如你所见，我戴着的这颗珍珠是什么颜色的？"

莫比很诧异，珍珠竟然变黑了，于是慢慢地说："嗯，是……黑色的！"

格琳达生气地说："所以，你刚刚一直在说谎！只有当你说真话时，我胸前的魔法珠才会保持它纯洁的白色！你给我老实一点，不要当我是傻瓜。"

莫比终于发现欺骗格琳达根本行不通，很懊悔，只好说出了实情："魔法师见我的时候带来了一个女孩子，就是你所说的奥兹玛，不过当时她只是个小婴儿。魔法师要我把孩子藏起来。"

一切都在格琳达的意料之中。格琳达说："我早就猜到了。你为他做这些，他给了你什么报酬呢？"

"他承诺把他知道的所有魔法都教给我，但他教给我的并不全是正经的魔法，有些只是骗术。不过，我一直信守承诺。"

"你把那个女孩子怎么样了？"听见格琳达提出这个问题，大家都好奇地探过身子，急切地盼望听到莫比的回答。

莫比答道："我给她施了点魔法。"

"快说，你对她做了什么？"

"我把她变成了……变成了……"莫比开始变得紧张，不敢往下说了。

格琳达看到莫比迟疑不决的样子后急坏了，连忙追问："变成什么了？"

莫比低声说："变成了……男孩子。"

大家齐声道："男孩子？"他们都知道，蒂普就是由这个老太婆带大的，于是所有人的眼睛都盯着蒂普。

老太婆点头说："没错，她就是奥兹玛公主。魔法师夺走她父亲的王位后，把她送到了我这里，她才是翡翠国的合法君主。"说完，莫比用她那瘦长的枯木般的手指指着蒂普。

蒂普惊讶地喊道："不，我不可能是女孩子，更不可能是什么奥兹玛公主！"

格琳达微微一笑，慢慢地走到蒂普跟前，将蒂普褐色的小手握在自己秀丽而白皙的手中，和蔼地说："现在你的确不是一个女孩子，因为莫比把你变成了男孩子。但是你出生时就是女孩子，还是一位公主，所以你应该变回原来的样子，并且你可以成为翡翠城未来的女王。"

"就让琴洁当女王吧！"蒂普急得快哭出来了，"我喜欢做男孩子，我还要继续和稻草人、铁皮人、环状甲虫、南瓜人杰克一起旅行……还有我的朋友锯木马和四不像。我真的不想做女孩子，更不想去当什么女王！"

铁皮人连忙安慰蒂普说："我的朋友，没关系的。我听说，当女孩子也挺好的。我们大家永远都是你忠实的朋友，不管你是男孩还是女孩。而且，跟你说实话吧，我一直觉得女孩子比男孩子好。"

稻草人接着说："至少女孩子和男孩子一样好。"说完，他热情地拍了拍蒂普的脑袋。

环状甲虫也说："而且她们都是好样的，如果你变回女孩子，我很乐意

成为你的家庭教师。"

杰克则气喘吁吁地说："如果你变成了一个女孩子，就再也不能当我的好爸爸了！"

"就是！"蒂普赶紧回答道，尽管他很忧虑，但还是忍不住笑出声来，"当然了，如果我能避开这种关系，我就没什么遗憾了。"他朝格琳达转过身去，稍稍迟疑一下，慢慢地说："或许我就愿意试一小会儿，我只是好奇，想看看这到底是怎么回事。但你必须保证，如果我不喜欢做女孩子，你得把我变回来。"

格琳达说："说实话，我的魔法根本做不到这种事情。我从来没有用过变形的魔法，因为这不是一个诚实的人会使用的魔法。没有一个女巫会喜欢改变事物的原样，只有不道德的老巫婆才会这么做。我必须让莫比从你身上解除魔法，使你变回原来的样子。我发誓这是莫比这辈子最后一次施展魔法！"

人们都发现了奥兹玛公主的事情，莫比以后就不用再抚养蒂普了，不过她害怕惹怒了格琳达。蒂普已经大方地保证过，若是他成为翡翠城的女王，一定会让老莫比安度晚年，所以老巫婆答应把奥兹玛公主变回原形。与此同时，大家也在为这位即将诞生的公主做准备。

格琳达命令下属把她的御座摆在帐篷的正中间，御座上高高地堆放着玫瑰色的绸缎做成的坐垫，起褶的粉红色的薄纱挂在御座顶上的金色横杆上，把御座遮得几乎看不见了。

老巫婆首先让蒂普喝了一剂药，蒂普喝完后马上就睡着了。铁皮人和

环状甲虫轻轻地把他抬到御座上，拉上薄纱帘子，把他遮得严严实实的，不让别人看到他沉睡的样子。

莫比蹲在地上，从胸前的口袋里掏出一些干草药，点燃后形成一堆小火。等到火势变大时，老莫比抓了一小撮药粉，轻轻撒在火焰上，马上就冒出了一阵紫红色的浓雾。香气弥漫开来，瞬间就充满了整个帐篷，弄得锯木马不停地打喷嚏——大家早就叮嘱他不要发出任何声音，可有什么用呢？

就在所有人都好奇地盯着莫比的时候，这个老巫婆念了一首押韵的诗，谁都没有听懂。然后就看见她那瘦削的身躯在火上前后摇晃，这个动作总共重复了七次。莫比站直了身子，只听见她大喊了一声："哇哟！"

突然，烟消雾散，四周的环境再次变回原来清晰的样子。新鲜的空气慢慢吹进帐篷里，御座上挂着的薄纱帘子微微颤动，帘子里似乎有了一些

动静。

格琳达走到御座前，缓缓掀开帘子。她弯下身子，轻轻拉起躺在垫子上的人。一个少女从御座上站了起来，漂亮极了。她的双眼闪烁着耀眼的光芒，就像两颗钻石；她的牙似玉，唇如珠，薄厚适当；她那金黄色的长发披在身后，前额上的细发圈将头发拢在一起，上面装饰着美丽而珍贵的珠宝。她的长裙是罗纱制成的，像云彩一样飘浮在她周围；脚上穿着的缎子便鞋十分素雅，清新脱俗，就像仙女一样。

蒂普的朋友们盯着这个美丽的姑娘，一分多钟后，所有人都低下脑袋，对奥兹玛公主投去了爱慕的眼神。格琳达满脸微笑，显得容光焕发。奥兹玛看了格琳达一眼，害羞地说："我希望你们和以前一样对我，但是……"

"但是你已经不是原来的你了。"杰克抢着说。大家都觉得，这是杰克说过的最正确的一句话。

第二十四章

满足就是财富

一个意外的消息传到了琴洁女王的耳中——莫比最后还是被格琳达抓住了，并且向她承认了自己所有的罪行，就连失踪多年的奥兹玛公主也找到了。但是，谁都没想到的是，奥兹玛公主居然就是那个被莫比收养的男孩蒂普。

琴洁痛苦地说着："我曾经也是一个高高在上的女王，所有的人都要听从我的命令。但是现在，一切都要回到最初的样子，我又要成为一个整天忙着擦地板、做黄油的老妇女！哦，不，一想到那样低贱、劳累的生活，我简直连活下去的勇气都没有了。不管怎么样，我都要想尽办法把那些可恶的家伙赶走。"

城里所有士兵的生活就是在王宫的厨房里做做软糖而已，比男人们轻松一百倍。她们怂恿琴洁宣战，保卫所谓的"国家"，这正合琴洁的心意。她毫不犹豫地答应了这个可笑的请求，向正义的格琳达和善良的奥兹玛公主正式宣战。双方军队都已经做好了战争的准备，第二天，双方的军旗高高地立在城门前，远处不断传来振奋人心的军乐声，尖锐的武器在阳光的照射下显得格外耀眼。面对琴洁军队赤裸裸的挑衅，格琳达军队当然接受了。

但出乎意料的是，格琳达军队突然在翡翠城城门前停住了脚步。为了阻挡格琳达军队进城，琴洁已经关闭了所有的城门，坚固的城墙可不是那么容易攻破的。格琳达也非常清楚这个事实，不知道该怎么办。这时，环状甲虫终于有了展示自己学问的机会，他坚定地说：

"我们唯一的办法就是包围整座翡翠城，断绝她们的食物来源，这样的话她们就不得不投降。"

"根本没有这个必要，"稻草人回答道，"四不像不是长着翅膀吗？只要我们想进城，他立马就可以带我们进去。"

刚说完，格琳达就激动地面向稻草人，微笑地看着他。

"对，你说得太对了，"她兴奋地大声喊道，"你真的很聪明！现在，我们必须马上找到四不像。"

他们直接跨越整个军队，冲向了四不像休息的地方。格琳达和奥兹玛公主迫切地冲了上去，爬到了四不像的背部沙发上。稻草人和他的朋友们全都爬了上来，同时又坐上了一个上尉和三个士兵。格琳达觉得，如果没有什么意外情况发生，这么多人把琴洁抓住简直就是小菜一碟。

此时，奥兹玛公主的嘴唇动了一下，那个东拼西凑起来的怪东西扇动了几下他巨大的翅膀，便飞到了空中。他轻松地带着这些勇士飞到了城门的正上方，不断地在空中寻找琴洁的踪影。他们发现，琴洁正舒舒服服地躺在王宫院内的吊床上，一边津津有味地享受着一块诱人的绿色巧克力，一边读着一本绿色包装的小说——很明显，她对坚固的城墙非常有信心，认为格琳达和她的士兵们不可能闯进来。就在这时，四不像接到了公主的命令，突然下降，把他们带到了琴洁的正前方，吓得琴洁大叫一声。上尉和士兵们立马抓住琴洁，用铁链把她拴得紧紧的。

琴洁被抓的消息很快传遍了全城，叛军们纷纷投降，战争还没正式开始就彻底画上了句号。那个抓住琴洁的上尉畅通无阻地来到了城门前，打开了紧闭的城门。城门被打开的那一刻，城外所有的士兵一窝蜂地冲进了城里。这时，一个军官高喊道："可恶的琴洁已经被打败了，从现在开始，奥兹玛就是我们的女王。"

城里的男人们都高兴地跳了起来，迫不及待地解开了束缚他们的围裙。如此劳累的生活，他们早就受够了，这一刻，他们等得太久太久了。事实上，女人们也不愿意再硬着头皮咽下丈夫们做的难吃的食物了，她们同样也在为琴洁的倒台而庆贺。贤惠的女人们都想为自己的丈夫准备一桌美味佳肴，城中的气氛顿时变得像以前那样美好。

新女王一上任便发出公告，让叛军们归还她们盗窃的所有宝石和翡翠。被盗窃的珠宝数量如此庞大，王宫里所有的珠宝工匠花了整整一个月，才将建筑物和街道恢复了原来的模样。

善良的奥兹玛并没有处罚叛军们，而是将她们解散后送回了老家，就连可恶的琴洁，也在立下永远不再破坏王国的保证后被赦免了。

奥兹玛女王刚上任不久，对很多国事都比较生疏，但她对待所有人民一视同仁，处理国事也很得当，这多亏了格琳达的辅佐。每当奥兹玛有难时，环状甲虫总是竭尽全力地帮助她，因此环状甲虫也备受重用，成了公共教育大臣。

女王非常感谢四不像的帮助，决定答应他的任何要求，不管他要什么，她都会答应。

"好吧，"四不像说，"请您把我拆开吧。我再也不想这样继续活着了，因为我对自己这样胡乱拼凑起来的身体感到非常羞耻。我曾经是至高无上的森林之王，我的鹿角就是最好的证明。可是现在，我竟然变成了一个做苦力的，还被迫在天上飞……对我来说，我的腿彻底变成了摆设，一点儿用处都没有，所以还是把我拆了吧。"

奥兹玛立马命人将四不像拆了。门厅里的火炉架正上方再一次出现了鹿头的挂件，客厅里的那个沙发也回来了。那尾巴又回到了它原本应该在的地方——厨房。四不像身上被拆解下来的许多晒衣绳和粗绳，都被稻草人放回了木钉上。

倘若只把四不像当作一个飞行器，那么他的一生可能就这样结束了。但别忘了火炉架上那个调皮的鹿头，当他想说话的时候，他会莫名其妙地向正在门厅等候女王接见的大臣们问一些问题，会把大臣们吓一大跳。

锯木马也成了女王的私人财产，得到了很多人的关心和照顾；闲来没事的时候，女王经常会骑着那个怪东西，在翡翠城里散步。为了防止长时间走路而导致的磨损，他的腿被镀上了厚厚的一层金，这样就坚固多了。每当这闪闪发光的腿在人们面前走过时，很多臣民会受到惊吓，因为他们知道这是女王伟大魔法的象征，只要见到了这种金光，就意味着女王来了。

"世上没有哪个厉害的魔法师比奥兹玛女王更善良，"人们相互赞赏着，"魔法师总是认为自己是这世界上最了不起的人，能够做很多别人做不到的事情，事实上却什么都做不了，比奥兹玛女王差远了。现在，我们可爱的奥兹玛女王做了很多人永远不知道的事，她才是最聪明、最善良、最了不起的人。"

忠诚的杰克一直陪伴着奥兹玛，直到他生命结束的那一刻。实际上，他腐烂得并不是那么快，比他自己想象的慢多了，但他的愚昧一直误导着自己。

整个翡翠城弥漫着和谐、欢乐的气氛，格琳达的军队撤走了，铁皮人也有了回家的念头。

"我的领地虽然不大，"铁皮人说，"但比较好管理。作为领地最高贵的君主，既然被称为皇帝，没有人敢去质疑我的任何决定。我最近活动得太多了，所以必须回去再镀一层镍来修补我的身体。如果你们有时间，欢迎你们再去我那里做客，我会永远想念你们的。"

"真的非常感谢你，"奥兹玛说，"放心吧，我一定会去拜访你的。但是稻草人，你有什么打算呢？是要继续留在这里，还是和你的好朋友一起回去？"

"我当然要跟我的好朋友一起离开啊。"那个身体被钱塞得圆鼓鼓的稻草人认真地说，"我们早就发过誓，无论什么时候，无论发生了什么事情，我们永远不会分开。"

杰克说："稻草人已经成了我的财政大臣，有一个全身塞满钱的财政大臣是一件不错的事情。"

"我认为，"奥兹玛笑嘻嘻地说，"这位财政大臣应该是你那里最有钱的人了吧。"

"对，我也是这么认为的。"稻草人滑稽地说道，"但我说的不是金钱的富有。在我看来，一个聪明的大脑比钱贵重得多——在任何方面都是如此。其实，就算一个人再有钱，哪怕全世界所有的钱都是他的，但如果他从来不会理性地思考，又有什么用呢？如果一个人没有钱，却有聪明的大脑，那就没什么可担心的，因为聪明的脑子绝对能让他一辈子过得快乐、舒适。"

"不仅如此，"铁皮人说，"你们不得不承认，聪明的脑子根本不可能创造出一颗善良的心，金钱也是如此。这样看来，我才是这个世界上最富有的人。"

"我的好朋友们，你们两个都是这个世界上最富有的人。"奥兹玛善解人意地说，"你们最大的财富就是你们值得拥有的唯一财富——满足。"